हिन्द पॉकेट बुक्स

शराबी

दत्त भारती आधुनिक हिन्दी साहित्य के प्रमुख लेखक, कवि, नाटककार और सामाजिक विचारक थे। कहानी, कविताओं और लेखों के अलावा आपने कई सौ उपन्यास लिखकर साहित्य में अपना एक अलग विशिष्ट स्थान बनाया है। घर और स्कूल से प्राप्त आर्यसमाजी संस्कार, विश्वविद्यालय का साहित्यिक वातावरण, देशभर में होने वाली राजनैतिक हलचलें, बाल्यावस्था में आर्थिक संकट इन सबने आपको अति संवेदनशील, तर्कशील और विचारक बना दिया, जो आपके लेखन का आधार बना। आपको समाजसेवा एवं लेखन के लिए कई पुरस्कार भी मिले हैं।

शराबी

दत्त भारती

हिन्द पॉकेट बुक्स
पेंगुइन रैंडम हाउस इम्प्रिंट

हिन्द पॉकेट बुक्स

यूएसए। कनाडा। यूके। आयरलैंड। ऑस्ट्रेलिया। सिंगापुर
न्यू ज़ीलैंड। भारत। दक्षिण अफ़्रीका। चीन

हिन्द पॉकेट बुक्स, पेंगुइन रैंडम हाउस ग्रुप ऑफ़ कम्पनीज़ का हिस्सा है,
जिसका पता global.penguinrandomhouse.com पर मिलेगा

पेंगुइन रैंडम हाउस इंडिया प्रा. लि.,
चौथी मंजिल, कैपिटल टावर -1, एम जी रोड,
गुड़गांव 122 002, हरियाणा, भारत

पेंगुइन
रैंडम हाउस
इंडिया

प्रथम संस्करण हिन्द पॉकेट बुक्स द्वारा 1980 में प्रकाशित
यह संस्करण हिन्द पॉकेट बुक्स में पेंगुइन रैंडम हाउस द्वारा 2022 में प्रकाशित

10 9 8 7 6 5 4 3 2

ISBN 9789353497194

मुद्रकः रेप्रो इंडिया लिमिटेड

www.penguin.co.in

FSC www.fsc.org MIX Paper from responsible sources FSC® C047271

This is a legitimate digitally printed version of the book and therefore might not have certain extra finishing on the cover.

शराबी

अजय अंग्रेजी शराब की दुकान के भीतर तूफान की भांति प्रविष्ट हुआ।

दुकान के भीतर भीड़ न थी। और होती भी कसे। अभी तो दोपहर के चार बजे थे। रौनक अर्थात ग्राहक तो छः बजे आना शुरू करते हैं, और नौ बजे दुकानें बन्द हो जाती हैं। नौ बजने में कुछ मिनट रह जाते तो दुकान में खड़े होने को जगह न मिलती थी।

अजय प्रविष्ट हुआ और काउंटर पर रुक गया।

"एक क्वार्टर व्हिस्की।" अजय ने सौ का नोट बढ़ाया।

सेल्जमैन ने नोट लिया और पूछा, "कौन सी?"

"कोई भी, काली, पीली, नीली, हरी।" अजय ने झल्ला-कर कहा, "सब एक सी हैं। सब कच्ची शराब से गई गुजरी हैं। आज तैयार हुई और आज ही बोतलों में बन्द कर दी गई। और दूसरे दिन अपने निर्दिष्ट स्थान पर जाने के लिए रेलगाड़ी में सवार। यह स्काटलैंड तो है नहीं, जहां एक वर्ष से एक सौ वर्ष पुरानी व्हिस्की मिलती है।"

सेल्जमैन मुस्करा दिया।

"आप ठीक कहते हैं। फिर भी किसी ब्राण्ड का नाम तो लीजिए।"

"नहीं। कोई-सी दे दीजिए।"

सेल्जमैन ने आलमारी से एक क्वार्टर उठाकर बढ़ा दिया, और साथी सेल्जमैन से कहा, एक क्वार्टर—व्हिस्की। बारह

रुपए कहकर वह खजांची की ओर बढ़ गया, ताकि बाकी रुपये ला सके।

अजय ने नौकर से क्वार्टर लिया जो लिफाफे में डाल रहा था, "इसे साड़ी की जरूरत नहीं।" कहकर उसने एक झटके के साथ क्वार्टर का ढक्कन तोड़ा और क्वार्टर मुंह को लगा लिया।

"साहब यह आप क्या कर रहे हैं?" बिल बनाने वाले ने पूछा।

अजय ने परवाह न की।

"जनाब सुनिए तो सही। आप यहां नहीं पी सकते। इस तरह पीना जुर्म है। पुलिसमैन आ गया तो आपको गिरफ्तार कर लेगा, और हमें अलग परेशान करेगा। साहब भगवान के लिए रुक जाइए।" बिल क्लर्क बोले जा रहा था।

दुकान में तीन ग्राहक और भी आ गए थे, वह भी उसको देखने लगे। सेल्जमैन बोलता जा रहा था, "प्लीज, भगवान के लिए बन्द कर दीजिए। यह जुर्म है। आप कानून तोड़ रहे हैं।"

लेकिन अजय ने क्वार्टर को होठों से अलग न किया। वह गटागट पी रहा था। दुकान के मालिक ने देखा तो वह अपनी जगह छोड़कर चला आया।

"यह आप क्या कर रहे हैं?"

अजय ने उत्तर न दिया।

खाली या नीट व्हिस्की कंठ और सीने को चीरती हुई उसके पेट में जा रही थी। उसने मालिक को भी अनसुना किया और पीना जारी रखा। दो नहीं तो तीन मिनट में अजय ने क्वार्टर को खाली कर दिया।

"इसे कहां फेंक दूं?" अजय ने खाली बोतल बढ़ाई और मुस्करा दिया।

'यह बिल्कुल गलत है। एक तो आप कानून भंग कर रहे हैं, और दूसरे यह व्हिस्की पीने का तरीका नहीं। इस तरह व्हिस्की पीने से तो आपका स्वास्थ्य खराब हो सकता है। यह आपके जिगर को नुकसान पहुंचा सकती है। आपका जिगर खराब कर सकती है।" मालिक ने नम्रता से कहा।

"इसे कहां फेंक दूं?"अजय ने खाली पौवा बढ़ाया और होंठ साफ किए।

उसके पास जो व्यक्ति खड़ा था, उसने मुस्कराकर कहा, "इतनी प्यास। मैं पन्द्रह सोलह वर्ष से पी रहा हूं, लेकिन यह नजारा कभी नहीं देखा।"

अजय मुस्करा दिया। उसने खाली पौवा काउंटर पर रख दिया।

उसके शरीर पर कीमती सूट था। सूरत-शक्ल और नैन-नक्श भी ठीक थे। बल्कि वह सुन्दर और आकर्षक पुरुष था। स्वास्थ्य भी अच्छा था और देखने वाला यही समझ सकता था कि उसकी आय पर्याप्त है।

"आपकी आयु क्या होगी?" मालिक ने पूछा।

"एक सौ वत्तीस वर्ष।" अजय ने कहा।

"एक सौ बत्तीस वर्ष?" मालिक चौंक पड़ा।

"जी हां। बत्तीस वर्ष पहले तो मैं पैदा हुआ था। और सौ वर्ष जीवन की कटुताओं ने दिए हैं। इसलिए एक सौ बत्तीस वर्ष का हूं।" अजय ने मुस्कराकर कहा।

सेल्जमैन अठासी रुपये ले आया था और उसने बढ़ा दिए, "गिन लीजिए।"

"इसकी जरूरत नहीं। अब एक बोतल व्हिस्की की और दे दीजिए।" अजय ने कहा।

"वह भी आप यहीं पीएंगे?" मालिक ने पूछा।

"जी नहीं।" अजय ने होंठों पर जुबान फेरी और खुश्क होंठों को तर किया, "यह क्वार्टर तो ग्राउंड थी। अब आराम से बैठकर धीरे-धीरे पीऊंगा।" अजय ने मुस्कराकर कहा।

सेल्जमैन ने बोतल उसे दे दी।

'हां। अब इसे साड़ी पहना दो। यानी सिफाफे में डाल दो।"

बिल क्लर्क ने बोतल का बिल बनाया और सेल्जमैन को दे दिया। सेल्जमैन ने अठासी रुपये से बोतल की कीमत निकाली और खजांची के पास चला गया।

अजय ने बोतल उठाई और कोट की भीतर वाली जेब में

डाल ली। उसने अपने दरजी को समझा रखा था कि सूट का कोट हो या मैचिंग कोट हो, इसकी जेब इतनी लम्बी होनी चाहिए जिसके भीतर बोतल आ सके।

काउंटर पर रुपये पड़े थे। अजय ने उठाकर पतलून की जेब में डाले। उसने गिने नहीं।

"धृष्टता के लिए क्षमा चाहता हूं।" अजय ने मुस्कराकर मालिक से कहा।

मालिक, जिसके सिर के सारे बाल बर्फ की भांति सफेद थे, बोला, "मिस्टर यह व्हिस्की पीने का तरीका नहीं। नीट शराब विष का असर भी कर सकती है।"

"जीवन से बड़ा विष संसार में कोई नहीं।" अजय ने मुस्कराकर कहा और दुकान से निकल गया।

"इन शराबियों को कोई नहीं समझा सका," मालिक बड़बड़ाया, ''दो मिनट में और एक ही सांस में क्वार्टर खाली कर दिया। यह तो शराब पीना नहीं, बल्कि जहर पीना है।"

ग्राहक जो खड़े थे वे मुस्करा रहे थे। हर शराबी दूसरे शराबी को प्यार करता है। उसे घृणा की दृष्टि से नहीं देखता।

अजय ने बाहर निकलकर स्कूटर तलाश करना चाहा। लेकिन वहां कोई न था। उसे स्टैंड तक जाना पड़ेगा और वह स्टैंड की ओर बढ़ गया।

नीट व्हिस्की ने प्रभाव दिखाना शुरू कर दिया था। नशा तो आधे घण्टे बाद होगी।

स्टैंड पर स्कूटर खड़े थे

किसका नम्बर है?"

"साहब कहां जाना है?" ड्राइवर बातें कर रहे थे, इनमें से एक ने पूछा।

"आसफअली रोड।"

"कौन जा रहा है?"

"आइए साहब।" एक ड्राइवर बोला। हालांकि इसका नम्बर न था लेकिन दिल्ली के स्कूटर वाले दूर जाने वालों को ले जाना पसन्द करते थे। और कनाट प्लेस से आसफअली रोड तक एक रुपया बीस पैसे या तीस पसे बनते थे। जिस तरह

औरतों की सूरतें एक-दूसरे से नहीं मिलतीं, उसी तरह दिल्ली के स्कूटर वालों के मीटर एक-दूसरे से नहीं मिलते।

"कौन-सी गाड़ी?" अजय ने प्रश्न किया। '

"इधर आइए।" ड्राइवर ने कहा।

अजय स्कूटर में बैठ गया। स्कूटर स्टार्ट हुआ और मंजिल की ओर रवाना हो गया।

मंजिल पर पहुंच कर उसने ड्राइवर को रुकने के लिए कहा। स्कूटर रुक गया। अजय नीचे उतरा उसने पतलून की जेब से नोट निकाले और रुपए-रुपये के दो नोट बढ़ा दिए।

"बाकी की आवश्यकता नहीं।" अजय ने कहा और वह बिल्डिंग की ओर बढ़ गया।

आसफअली रोड को लोग साहूकारों के बाजार के नाम से पुकारते हैं, क्योंकि यहां दर्जनों फाईनेंस कम्पनियां हैं। लाखों नहीं बल्कि करोड़ों का व्यापार होता है।

अजय बिल्डिंग में प्रविष्ट हुआ। इस सड़क पर सारी इमारतें चार-पांच मंजिला हैं। अजय को तीसरी मंजिल पर जाना था। लिफ्ट नीचे न थी। इसीलिए उसने बटन दबा दिया और लिफ्ट नीचे आने लगी।

अजय लिफ्ट में प्रविष्ट हुआ। दरवाजा बन्द किया और बटन दबा दिया। लिफ्ट ऊपर चढ़ने लगी और तीसरी मंजिल पर रुक गई।

वह बच्चन के दफ्तर की ओर बढ़ा। दरवाजा खोलकर वह दफ्तर में प्रविष्ट हुआ। दरवाजे के पास ही एक लड़की बैठी थी और फोन उसके सामने था।

हैलो।" अजय ने मुस्काराकर कहा।

"हैलो सर!" लड़की ने मुस्कराकर उत्तर दिया।

"साहब है?"

"जी हां। लेकिन किसी ग्राहक से बात कर रहे हैं। मैं फोन पर सूचित कर देती हूं।"

"धन्यवाद।" कहकर अजय डनलप की कुर्सी पर बैठ गया। अब शराब ने असर करना शुरू कर दिया था। अब दुनिया रंगीन नजर आ रही थी।

आपरेटर ने बच्चन को फोन पर बता दिया, फिर जवाब में उसने "यस सर" कहा और लाईन काट दी।

"मुझे खेद है, आपको दस मिनट प्रतीक्षा करनी पड़ेगी।" आपरेटर ने मुस्कराकर कहा।

"जीवन-भर प्रतीक्षा के अतिरिक्त किया भी क्या है?" अजय ने मुस्करा कर कहा, "मैं तुम्हारा नाम भूल गया हूं।"

"यह पहली बार नहीं हुआ। आप सौ बार से अधिक मेरा नाम पूछ चुके हैं। अभी भी नीलम है।" आपरेटर ने मुस्कराकर कहा, "कमरे में महक फैल गई है।"

"हां। महिलाएं सैण्ट की महक फैलाती हैं, और मैं···तुम जानती ही हो।"

"लेकिन अभी तो सवा चार बजे हैं?"

"मैं घड़ी नहीं रखता। न तारीख और दिन याद रखता हूं। केवल सन और महीना याद रखता हूं।"

"मैं जानती हूं। इन दिनों क्या लिख रहे हैं?"

"अभी कल ही उपन्यास समाप्त किया है?"

"इसका मतलब है आप प्रकाशक के यहां से आ रहे हैं?" नीलम ने कहा।

"हूं।"

एक व्यक्ति बच्चन के दफ्तर से निकला और नीलम पर मुस्कराहट फेंककर चला गया।

"अब आप जा सकते हैं।"

"धन्यवाद।" अजय उठा और बच्चन के केबिन का दरवाजा खोलकर भीतर चला गया। दरवाजा अपने आप बन्द हो गया।

"हैलो, ओल्ड ब्वाय!" अजय ने भीतर जाकर कहा और आरामदायक कीमती कुर्सी पर बैठ गया।

"क्षमा करना, तुम्हें प्रतीक्षा करनी पड़ी।" बच्चन ने मुस्करा कर कह।

"पहले काम फिर···।"

"बड़ी जल्दी शुरू कर दी। क्या हाल है?"

"वही मैं हूं, वही शहर। वही बरबादियां।" अजय ने कहा।

नावल समाप्त हो गया है?"

"हां।"

"प्रकाशक के यहां से आ रहे हो?"

"हां। आज बैंक जा न सका। जेब में केवल ग्यारह रुपये थे। वह टैक्सी वाले ने ले लिए। प्रकाशक ने एकाउंटैंट को चैक बनाने को कहा। मैंने कहा सौ रुपया नकद दे दो और बाकी का चैक बना दो।"

"और सौ रुपया लेकर व्हिस्की की दुकान पर पहुंच गए।" बच्चन ने हंसकर कहा।

"क्या इतना भी हक प्राप्त नहीं। एक मास से अधिक इस उपन्यास ने ले लिए अच्छा पहले एक गिलास पानी मंगाओ। शरीर यानी पेट और सीने में आग जल रही है।"

"फिर नीट पी गए?"

"केवल एक क्वार्टर।" कहकर अजय ने कोट की जेब से बोतल निकाली और मेज पर रख दी।

बच्चन ने चपरासी के लिए बटन दबा दिया था। और वह भीतर आ गया।

"पानी या फलों के रस का गिलास?"

"पानी चलेगा।"

"एक गिलास पानी लाओ।" बच्चन ने चपरासी से कहा और वह चला गया।

"कारोबार का क्या हाल है?"

"ठीक है।"

"क्या बना रहे हैं?"

"साबुन पर एक फिल्म।"

"एडवांस मिल गया?"

"हां।"

"अजय बोतल को नीचे रख दो। शायद कोई ग्राहक आ जाए।"

"क्या बात है। अब अपाईंटमेंट के बिना भी मिल लेते हो।" कहकर अजय ने बोतल पांव के पास रख दी।

"सरकार ने विज्ञापन बजट पर एक हद निश्चित कर दी

है। इसलिए ग्राहक को बहुत सोचना पड़ता है। विज्ञापन देने वाली कम्पनियां भी परेशान हैं। जिस फर्म का वर्ष-भर का पांच लाख का पब्लिसिटी बिल होता था, अब तीन लाख का हो गया। और ग्राहक चाहता है कि अखबारों और पत्रिकाओं में भी विज्ञापन हों। रेडियो पर भी हों। फिल्में भी बन और अब सुना है, टेलीविजन भी मैदान में आ रहा है।"

"तुम्हें अन्तर पड़ा?'

कुछ तो पड़ेगा। पिछले वर्ष ग्यारह लाख की बुकिंग थी लेकिन इस वर्ष बात और है। नवम्बर का महीना आ गया है और अभी तक केवल सात लाख का कारोबार मिला है।"

"चिन्ता क्यों करते हो। कम्पनियों का वर्ष इकतीस दिसम्बर को समाप्त होता है। दिसम्बर अभी शेष है।"

चपरासी पानी ले आया था, उसने प्लेट रख दी जिसमें पानी का गिलास था।

अजय ने गिलास उठाया और होंठों से लगाकर खाली कर दिया।

चपरासी खाली गिलास ले गया।

"अजय! यहा नीट पीना बन्द कर दो। वरना चालीस वर्ष की उम्र के बाद हाथ कांपने लगेंगे , और तुम लिखने में कठिनाई अनुभव करोगे।"

"नावल में इतना खोया हुआ था कि आठ-नौ दिन से व्हिस्की न पी सका। प्रकाशक हर रोज फोन कर रहा था।"

"तुम फिल्मों में कोशिश क्यों नहीं करते? असली पैसा तो फिल्म लाइन में ही है।"

"है। मैं बम्बई गया भी था। कुछ लोगों से मुलाकात भी हुई। लेकिन मैंने देखा कि फिल्म इण्डस्ट्री में न तो कोई समय की कद्र करता है और न ही पैसे की। फिर हर निर्माता या निर्देशक स्वयं कहानी बनाता है। लेखक तो केवल मुन्शी का काम करता है। और वह मुझे पसन्द नहीं।"

"मैं जानता हूं तुम बहुत जिद्दी हो।"

"जिद्दी कह सकते हो। लेकिन मैं ऐसा नहीं समझता। मैं अपने अहम् को अटल रखना चाहता हूं।"

"खैर। छोड़ो इन बातों को···"

"फिर व्हिस्की की बोतल खोलूं?"

"मैं गिलास मंगाता हूं।" कहकर बच्चन ने घण्टी दबाई, "सोडा या पानी?"

"कुछ भी चलेगा?"

"रीता का क्या हाल है?"

"वह पागल लड़की है।"

"सुन्दर है। पढ़ी-लिखी है। एक वर्ष से तुम्हारे घर रह रही है। तुम उससे शादी क्यों नहीं कर लेते। आखिर वह तुम्हें प्यार करती है।"

"लेकिन मैं नहीं करता।"

चपरासी आ गया था। बच्चन ने उसे गिलास और सोडे लाने का आदेश दिया। चपरासी चला गया तो बच्चन बोला, "इसका मतलब है तुम रजनी को अब तक नहीं भूले? अब तो वह बच्चों की मां होगी।"

"हो। दो बच्चों की मां है।"

"उसने दर्द और तड़प के अतिरिक्त दिया भी क्या है?"

"प्रेम और दर्द एक ही बात है। फिर इस दर्द में बड़ी शांति है।

"शांति तो शराब भी देती है।"

"हां। रात बीत जाती है।"

चपरासी गिलासर और सोडे ले आया। अजय ने बोतल खोलकर मेज पर रख दी।

बच्चन गिलासों में विहस्की डालने लगा।

"खैर। एक दिन वह घाव भर जाएगा। और दर्द भी समाप्त हो जाएगा?"

"शायद। लेकिन मुझे दर्द से प्यार है।"

"क्यों?"

"यह दर्द ही तो है जो मुझे नावल लिखने में मदद करता है। मैं दर्द को कैसे छोड़ दूं?"

"लेकिन रीता तुम्हारी शारीरिक भूख मिटाती है।"

"मैं जानता हूं।"

"शादी के बिना भी वह तुम्हारे पास रह रही है क्या लोग बातें नहीं करते?"

"लोगों का काम है कि बातें करें। लेकिन मैं परवाह नहीं करता।"

दौर शुरू हो गया।

"मैं च्यवनप्राश पर एक पब्लिसिटी फिल्म बना रहा हूं। लेकिन कहानी नहीं बन रही है।"

"कभी तो तुम भी लेखक थे। एक पत्रिका निकालते थे, और उसके सम्पादक थे।"

"हां, पर अब लिखना नहीं हो पाता?"

तुम चाहते हो कि मैं कहानी लिखूं?"

"क्या कहना पड़ेगा?"

"वह करोड़पति व्यापारी पार्लियामेंट का चुनाव लड़ रहा तो तुमने मुझे कहानी लिखने को कहा। और मैंने लिख दी। लेकिन तुमने मुझे एक पैसा भी न दिया।"

"दे दूंगा।"

"यह शब्द तो तीन वर्ष से सुन रहा हूं।" अजय ने मुस्करा-कर कहा।

"फिर बात ही क्यों करते हो?"

"अच्छा बन्द करता हूं। मैं भी शाम खराब करने के मूड में नहीं। यह बताओ कोई लड़की आज आ रही है।"

"यदि नहीं आएगी तो कनाटप्लेस का एक चक्कर लगाएंगे। लड़कियों की क्या कमी है?"

"हूं।" कहकर अजय ने सिगरेट सुलगाई।

'मैं आज तक नहीं समझ सका कि लोग एक समय में दो नशे क्यों करते हैं। क्या व्हिस्की से तसल्ली नहीं होती?" बच्चन ने कहा।

"तुम नहीं समझ सकते। व्याख्यान मत दो। जो लोग मुझे नसीहतें देते हैं मैं उन्हें पसन्द नहीं करता।"

"मैं जानता हूं···"

"फिर जिक्र क्यों करते हो?"

"यूं ही।"

पांच बज गए थे और स्टाफ छुट्टी करके चला गया। अब दफ्तर में केवल वह दोनों थे।

गर्ग साहब से कहना कि मेरे इन्कमटैक्स के कागज दाखिल कर दें।"

"वह तो मैं कह ही दूंगा। मेरी मानो एक सेक्रेटरी रख लो।"

"प्रशंसकों के पत्रों के उत्तर तो रीता दे देती है।"

उसे कहो कि इन्कमटैक्स और हाउसटैक्स के बारे में भी याद करा दिया करे।"

"आज की शाम उसकी चर्चा न करो।"

"तो क्या बातें करें?"

"कोई भी।···

"फिर तुम करो।"

"आज मैं प्रकाशक को उपन्यास की पांडुलिपि देने और चेक लेने गया तो उसने एक ऐसी बात कही जिसने मेरे दिमाग को झंझोड़ डाला।

"क्या कहा?"

"कहने लगा मारवाड़ी हर काम करते हैं। लेकिन पब्लिशिग का धंधा नहीं करते।"

"उसने ठीक कहा है। बैंक भी कागज के रीम पर रुपया दे देता है। लेकिन कागज जब किताब का रूप धारण कर लेता है तो उसपर ऋण नहीं देता।"

"यह सत्य है।"

इतने में फोन की घंटी बज उठी।

"जरूर मेरी पत्नी होगी।" बच्चन ने कहा।

"तो बात कर लो।"

"नहीं। वरना उसे पता चल जाएगा कि मैं व्हिस्की पी रहा हूं।"

घण्टी बजती रही।

"बच्चन, भगवान के लिए बात कर लो।"

"नहीं। हम शाम खराब न करेंगे। व्हिस्की पीएंगे और बहकेंगे।"

"आखिर घण्टी बजना बन्द हो गई।"

"ओह भगवान। यह आवाज कितनी भद्दी है।"

"कौन-सी आवाज?"

"फोन की घण्टी।"

बोतल खाली होती जा रही थी। नशा अपना काम कर रहा था। और वह लड़कियों की बातें कर रहे थे। उसके बाद अश्लील लतीफे शुरू हो गए।

"क्या बोतल खत्म करना है?"

"अधिक नहीं।"

"दो-तीन पंग छोड़ दो। शायद लड़की व्हिस्की मांग ले।"

"व्हिस्की की दुकानें नौ बजे बन्द होती हैं। उसके लिए और खरीद लेंगे।"

"पौने आठ बज गए हैं। आठ बजे हम चल देंगे।" बच्चन ने कहा।

"बेहतर।" कहकर अजय ने गिलास उठाया और खाली कर दिया।

पन्द्रह मिनट में उन्होंने बोतल खाली कर दी।

"आओ चलें। और देखें कि कौन-सी लड़की मिलती है।" बच्चन ने कहा।

"कनाटप्लेस में घूमने वाली तमाम कालगर्ल्स तुम्हारी कार का नम्बर जानती हैं।"

'हां। इसके लिए मेरी कार बहुत बदनाम है।" बच्चन ने हंस कर कहा।

"आज नई लड़की लाएगे।"

"अब यह तो भाग्य की बात है।"

"लेकिन हमें कभी असफलता का मुंह नहीं देखना पड़ा।"

"आठ बज गए हैं।"

"हां। तुम घड़ी क्यों नहीं पहनते?"

"मैं चाबी देना भूल जाता हूं।"

"और फिल्टर सिगरेट तुम सदा उल्टा सुलगाते हो।"

"मैं कौन-सा काम सीधा करता हूं?"

"नावल बहुत अच्छे लिखते हो। लड़कियों के प्रशंसा-भरे पत्र आते हैं?" बच्चन ने कहा।

"तीन-चार तो पागल हैं। एक ऐसी मूर्ख है कि अंगूठा काटकर खून से मेरा नाम लिखती है।"

"रीता इन्हें क्या उत्तर देती है?"

"वह जानती है कि इस देश में दीवानों की कमी नहीं है।"

"आओ चलें।" कहकर अजय खड़ा हो गया।

बच्चन ने दफ्तर को ताला लगाया। वह लिफ्ट से नीचे पहुंचे तो चौकीदार ने सलाम किया।

कार में बैठ गए तो अजय बोला, "तुम नशे की हालत में भी कार बहुत अच्छी चलाते हो।"

"मैंने आज तक ऐक्सीडेण्ट नहीं किया।"

"मैं जानता हूं।"

कनाटप्लेस पहुंचकर बच्चन ने कार धीमी कर दी। उसकी तेज निगाहें काम कर रही थीं।

"मिल गई।" बच्चन ने कहा

"कौन-सी?"

"वह हरे रंग की साड़ी वाली।"

"मेरा विचार है हमने इसे पहले कभी नहीं देखा।"

"यह ओडियन सिनेमा से प्लाज़ा सिनेमा की ओर जा रही है। हमें कार घुमानी पड़ेगी।"

"प्लेस में तो इकतरफा ट्रैफिक है।"

"इसे प्लाज़ा सिनेमा के पास पकड़ लेंगे।" कहकर बच्चन ने कार घुमा दी।

प्लाज़ा सिनेमा के पास उसने कार रोक दी।

"वह सामने खड़ी है। तुम बुलाते हो या मैं जाऊं?"

"तुम। लेकिन ध्यान रखना कहीं लड़की घरेलू न हो।"

"मैं स्त्री की चाल से पहचान लेता हूं।" कहकर वह कार से उतर गया, और लड़की जहां खड़ी थी उस तरफ चला गया। अजय देख रहा था। पांच-छः मिनट बच्चन उससे बातें करता रहा। फिर कार की ओर लौट पड़ा। वह दस कदम चला होगा कि लड़की भी उसके पीछे-ही चल पड़ी।

बच्चन ने आकर स्टीयरिंग सम्हाल लिया। और कार की पिछली सीट का दरवाजा खोल दिया।

लड़की आकर पिछली सीटपर बैठ गई।

"तम व्हिस्की पीती हो?"अजय ने लड़की से पूछा।

"केवल एक पैग।"

"बच्चन, व्हिस्की की दुकान पर कार रोक दी।"

केवल क्वार्टर लाना।"

कार रुक गई। और अजय उतरकर व्हिस्की खरीद लाया।

"यह क्या तुम हाफ ले आए?"

"कोई बात नहीं।" अजय ने बैठते हुए कहा।

कार स्टार्ट हुई और वह बच्चन के दफ्तर की ओर रवाना हो गए।

दफ्तर से चार इमारतें पहले बच्चन ने कार रोक दी।

"तुम दोनों पैदल आओ। मैं कार पार्क करता हूं।"

अजय और लड़की उतर गए।

बरामदे में लोग लेटे हुए थे। वह सड़क पर चलते हुए विल्डिंग में पहुंचे।

बच्चन कार पार्क करके ऊपर जा चुका था। लिफ्ट की बत्ती बुझ गई।

अजय ने फौरन बटन दबा दिया। दो मिनट में लिफ्ट नीचे आ गई। अजय लड़की को देख रहा था। वह शाहदरा और पहाड़गंज के इलाके की लड़की न थी।

लिफ्ट रुकी और वह दरवाजा खोलकर बाहर निकले। अजय ने दरवाजा बन्द कर दिया।

दफ्तर में बच्चन इनकी प्रतीक्षा कर रहा था। वह भीतर आए तो उसने दरवाजे को कुंडी लगा दी।

लड़की और अजय साथ-साथ बैठ गए। बच्चन इनके सामने बैठा था। अजय ने दो गिलासों में व्हिस्की डाली।

"बच्चन पिओगे?"

"नहीं।"

अजय ने गिलास लड़की की ओर बढ़ा दिया।

"सिगरेट का शौक है?"

"जी नहीं।" कहकर लड़की ने गिलास उठाकर होंठों पर लगा लिया।

दो

बच्चन ने दरवाजे पर ताला डाला। लड़की दस मिनट पहले गई थी। ताला लगाकर वह लिफ्ट से नीचे उतरे और जहां कार खड़ी थी वहां चले गए।

कार चल पड़ी।

"अब तुम्हें तुम्हारे घर उतारना है।" बच्चन ने पूछा।

"तुम्हारी मरजी है। वैसे मेरा घर तुम्हारे घर के रास्ते में पड़ता है। बड़ी सड़क पर उतार देना।"

"तुम कार क्यों नहीं खरीद लेते?"

"अभी इतनी माय नहीं। फिर मकान के लिए कुछ रुपया कर्ज लिया था। उसे उतारना है।"

"तबीयत तो ठीक है?"

"हाफ तुम्हारी जेब में है?"

"हां।"

"लड़की बुरी नहीं थी। मैंने उसे कह दिया था कि सप्ताह में एक बार आ जाया करे।"

"हूं।"

"अब घर जाकर न पीना।"

"कोशिश करूंगा।"

"नहीं पीते हो तो एक-दो मास नहीं पीते और जिस दिन पीते हो तो फिर रुकते नहीं हो। चालीस वर्ष की आयु के बाद हाथ कांपने लगेंगे।"

"चालीस वर्ष। इतने वर्ष जिंदा रहकर क्या करूंगा?"

"यह तुम कह रहे हो या व्हिस्की कह रही है?"

"दोनों।"

"तेरे जुनून का सिलसिला खुदा दराज करे!"

"धन्यवाद। टाईम क्या हुआ है?"

"सवा ग्यारह।"

"व्हिस्की हो तो समय का पता ही नहीं चलता।"

"तुम साढ़े चार बजे मेरे दफ्तर आए थे। और अब तक कुछ भी नहीं खाया। व्हिस्की मीट मांगती है और यदि मीट न मिले तो वह शरीर को खा जाती है। अब घर जाकर कुछ खा लेना।"

"हूं।"

"एक-दो दिन में मूड ठीक हो तो च्यवनप्राश के बारे में कोई कहानी तैयार कर देना।"

"मैं तो यह भी नहीं जानता च्यवनप्राश होता क्या है?" अजय ने कहा।

"वह मैं बता दूंगा।"

"अजय चुप रहा।"

"अजय।"

"हूं।"

"सो न जाना।"

"अभी नींद कहां?"

"बातें करते रहो।"

"तुम करो में सुनूंगा।"

"फिर तो तुम सो जाओगे।"

कार दौड़ती रही और वह बेमानी बातें करते रहे। यहां तक कि अजय का घर आ गया।

"लो मंजिल आ गई।" बच्चन ने कार रोक दी, "घर पहुंच जाओगे?"

"केवल सौ मीटर तो चलना है।" कहकर अजय कार से उतर गया।

"गुड नाईट।"

"शुभ रात्रि।"

बच्चन ने गियर डाल दिया और कार चल पड़ी।

अजय कुछ कदम चला तो उसे यूं लगा कि घर सौ मीटर दूर न था बल्कि एक किलोमीटर दूर था। उसके कदम डगमगाए तो वह रुक गया। उसने स्वयं को सम्हाला और चल पड़ा।

आखिर घर आ गया।

ड्राइंगरूम में रोशनी थी। उसने घण्टी का बटन दबा दिया।

दरवाजा रीता ने खोला। उसे देखकर वह एक ओर हो गई। सैण्ट की महक ने अजय को रीता को देखने पर विवश कर दिया।

वह भीतर प्रविष्ट हुआ तो गिरने लगा। रीता ने फौरन उसे सम्हाल लिया। नशे की हालत में अजय बहुत भारी हो जाता था। रीता ने दरवाजा बन्द किया। कुंडी लगाई और उसे सहारा देकर उसके बेडरूम में ले गई।

अजय पलग पर गिर पड़ा।

"कंवल सिंह कहां है?"

"वह सौ रहा है।"

"क्यों?"

"मैंने कह दिया था कि मैं जाग रही हैं।" कहकर रीता ने उसका कोट उतारा। अजय ने टाई उतारी। रीता ने कोट की भीतरी जेब से हाफ निकाला और पलंग के पास पड़ी तिपाई पर रख दिया। फिर वह उसके जूते उतारने लगी। जूते उतर गए तो अजय लेट गया।

"खाना लाऊं?"

"नहीं।"

"कुछ खाया था?"

"याद नहीं।"

रीता ने उसपर लिहाफ डाल दिया।

"तुमने खा लिया है?"

"जी।" रीता झूठ बोली, "स्लीपिंग सूट लाऊं?"

"मुझे नींद आ रही है।" "

"सो जाइए।" रीता पलंग पर बैठ गई।

"आज टेलीफोन वाले आए थे, वह कल फोन लगा रहे हैं।"

"सुबह बात करेंगे।"

पांच मिनट बाद अजय खर्राटे ले रहा था। रीता उठी। और रसोईघर में गई। उसने गैस जलाई और खाना गर्म किया। डाइनिंगटेबल ड्राइंगरूम में था। लेकिन उसने रसोईघर में ही

खाना खा लिया।

खाने से निवृत होकर उसने तमाम बत्तियां बन्द कीं और अजय के बेडरूम में चली गई। वह गहरी नींद सो रहा था। उसने धीरे से लिहाफ का एक हिस्सा उठाया और बिस्तर में घुस गई। उसने टेबलैम्प की रोशनी बन्द की और सोने की कोशिश की। आधे घण्टे बाद उसे नींद आ गई।

अजय की अचानक आंख खुल गई। रीता का एक हाथ उसके वक्ष पर था। अजय ने धीरे से हाथ उठाया। टेबललैम्प जलाया और टाइमपीस देखी। सुबह के सवा चार बजे थे, नशा हल्का हो गया था और प्यास से उसका मुंह सूखा हुआ था।

छोटे मेज पर व्हिस्की का हाफ, पानी का जग और गिलास पड़े थे। अजय ने गिलास में तीन अंगुली व्हिस्की डाली, पानी मिलाया और होंठों को लगा लिया।

रीता की आंख खुल गई।

"काफी लाऊं?" उसने नींद में पूछा।

"नहीं। सो जाओ।" अजय ने खाली गिलास मेज पर रखा और लेट गया।

पांच मिनट बाद फिर सो गया।

फिर जब आंख खुली तो रीता बिस्तर में न थी। अजय ने घड़ी देखी। पौने आठ बजे थे। सिर की बहुत बुरी हालत थी।

वह बैठ गया, और गई रात की कड़ियां जोड़ने लगा। हाफ में अभी दो पंग व्हिस्की शेष थी। उसने गिलास में एक पैग डाला और पानी लाया।

इतने में रीता आ गई।

"जाग गए?'

"मेरा सिर फट रहा है।"

"एस्परीन दूं?"

"नहीं।"

"काफी लाऊं या संतरे का रस?"

"कुछ भी नहीं।" कहकर अजय ने सिगरेट सुलगाई।

"तबीयत कैसी है?"

"मैं रात कितने बजे आया था?"

"लगभग पौने बारह बजे।"

"खाना खाया था?"

"नहीं।"

"क्या खाकर आए थे?"

"याद नहीं।"

"साथ में कौन था?"

"बच्चन।" अजय ने कहा, "मैं बाथरूम जा रहा हूं।"

"नाश्ता तैयार है।"

"वह प्रतीक्षा कर सकता है।" अजय ने कहा। और उठकर बाथरूम में चला गया।

दस मिनट बाद वह आया तो देखा कि रीता पलंग पर बैठी थी। वह स्नान कर चुकी थी। और सिर के बाल भी धोए थे। लम्बे बाल उसकी पीठ पर बिखरे हुए थे।

"अब नाश्ता लाऊं!"

"नहीं मैं स्नान करना चाहता हूं। गर्म पानी है?"

"जी।"

"मुझे कुर्त्ता और लुंगी दो।"

"रीता ने वार्डरोब से सिल्क का कुर्ता और लुंगी निकाली और रसोईघर में जाकर कंवलसिंह से कहा कि स्नान के लिए बाल्टी तैयार कर दो।"

"दो मिनट में।" कंवलसिंह ने कहा।

दो पैग पीने और स्नान करने से सिर ठीक हो गया। वह बेडरूम में गया। कंघी से बाल संवारे।

"नाश्ता तैयार है।" रीता ने कहा।

"कंवलसिंह से कहो कि मेज पर लगा दे।"

रीता कमरे से निकल गई।

कंवलसिंह ने नाश्ता लगा दिया। अजय खाने की मेज पर चला गया। रीता भी आ गई। और उसके साथ बैठ गई।

"अजय डोंगे में कार्नफ्लेक डाल रहा था।"

" पहले संतरे का रस पी लीजिए।"

"ओ हां। पेट में तो आग लगी है।" कहकर अजय ने रस का गिलास उठाया और आधा खाली करके रख दिया।"

कंवलसिंह आया।

"साहब। अण्डे कैसे खाने हैं?"

"आधे उबले हुए।"

"और आप?" उसने रीता से पूछा।

"आमलेट।"

"अभी लाया" कहकर कंवलसिंह चला गया।

संतरे के रस का गिलास खाली हो गया। अजय ने डोंगे में कार्नफ्लेक डाला और फिर चीनी और दूध डाला। और धीरे-धीरे खाने लगा। पेट में जो आग लगी थी वह संतरे के रस ने दूर कर दी।

"अब तबीयत कैसी है?"

"अब बेहतर है।"

"उपन्यास की पांडुलिपि दे दी थी?"

"हां। चेक कोट की जेब में है, यदि कहीं गिरा न दिया हो।"

"बेअरर है?"

"नहीं।"

"फिर कोई बात नहीं।"

अजय ने कार्नफ्लेक समाप्त कर दिया था, अब वह टोस्ट पर मक्खन लगा रहा था।

"न मालूम मुझे क्या हो जाता है?"

"कितनी पी थी?"

"बहुत।"

रीता उसके लिए चाय का प्याला तैयार कर रही थी।

कंवलसिंह अण्डे और आमलेट ले आया।

अजय ने टोस्ट रख दिया और अण्डे खाने लगा।

"कैसे बने में साहब?" कंवलसिंह ने पूछा।

"ठीक हैं।"

कंवलसिंह मुस्कराकर चला गया।

"मैं पतलून पहनकर सोया हुआ था। जूते और कोट किसने उतारे थे?"

"मैंने।"

"और कंवलसिंह कहां था?"

"मैंने उसे सोने की आज्ञा दे दी थी।"

"और तुम पौने बारह बजे तक जागती रही थीं?" अजय ने पूछा।

रीता ने उत्तर न दिया।

"कल डाक आई थी?"

"दो प्रशंसापूर्ण पत्र थे। एक पत्रिका थी। और हां कल टेलीफोन वाले आए थे। वह जानना चाहते थे कि टेलीफोन कहां लगाना है? मैंने कह दिया कि ड्राइंगरूम में।"

"टेलीफोन लग रहा है?"

"जी हां?"

"कब?"

"आज।"

"इसकी सख्त जरूरत थी।"

"एक लड़की या महिला भी आई थी।"

"क्या चाहती थी?"

"कहती थी कि वह स्टेज अभिनेत्री है। आपके उपन्यास 'दायरे' पर ड्रामा स्टेज करना चाहती है।"

"लेकिन मैं तो ड्रामा नहीं लिखता।"

"कहती थी कि उसने स्क्रींप्ट तैयार कर ली है। आज शाम चार बजे आएगी। लता शर्मा नाम है, उसका पति फौजी अफ-सर है।"

नाश्ता खत्म हो गया था।

"चाय और दूं?"

"नहीं। क्या बीयर पड़ी है?"

"दो बोतलें हैं।"

"कंवलसिंह को कहना एक दर्जन बोतलें और ले आए।" कहकर अजय ने सिगरेट सुलगाई। और रीता की प्लेट देखी। वह भी नाश्ता कर चुकी थी।

"मैं बेडरूम में जा रहा हूं।"

"बीयर अभी पीना है?"

"नहीं। दोपहर को खाने के पहले एक बोतल पी लूंगा।"

वह दोनों बेडरूम में चले गए।

"चेक कोट की भीतर वाली जेब में है।"

"मैं अभी देखती हूं।" कहकर रीता ने वार्ड रोब से,कोट उतारकर जेब से चेक निकाला।

"मैं तो बैंक न जा सकूंगा।"

"कोई बात नहीं, सोना चाहते हैं तो सो जाइए। मैं बैंक चली जाऊंगी। चेक जमा करा दूंगी।"

"कुछ रुपया भी ले आना। मुझे चेकबुक दो।"

"रीता ने चेकवुक निकाली और उसकी ओर बढ़ा दी।"

"पेन।"

"अभी लाती हूं।"

पेन आया तो अजय ने चेक पर हस्ताक्षर कर दिए।

"रकम नहीं लिखी?"

"पांच सौ रुपये लिख दो। और बैलेंस भी पता करना। मुझे कागज दे दो, मैं लिख दूं, वरना वह बताएंगे नहीं।"

"मैं जानती हूं।"

अजय ने लेटरपैड पर लिख दिया।

"मुझे अखबार दे दो।"

"आप थोड़ी देर के लिए सो क्यों नहीं जाते?"

"लंच के बाद सो जाऊंगा।" कहकर अजय लेट गया। और उसने लिहाफ ओढ़ लिया। सिगरेट उसकी उंगलियों में थी।

"मैं बैंक जा रही हैं।"

"हूं।"

"किसी चीज की जरूरत है?"

"नहीं।"

"सिगरेट का पैकेट रख जाती हूं। यह उपन्यास तो आपने बड़ी मेहनत से लिखा है।"

"तुमने पढ़ लिया?"

"जी।"

"कैसा है?"।

"मैं बन्त पर बात करना चाहती थी लेकिन चुप रही। आप

सदा ट्रैजेडी के साथ उपन्यास समाप्त करते हैं?"

"अपने लिए एक साड़ी खरीद लाना।"

"शाम को इकट्ठे चलेंगे।"

"इस उपन्यास ने तो थका दिया है। पात्र और प्लाट इतने गहरे हो गए थे कि—खैर छोड़ो।"

"अच्छा। अब सोने की कोशिश कीजिए। वैसे तो मैं एक घण्टे में लौट आउंगी। यदि बीयर की जरूरत हो तो कंवल-सिंह से कह दीजिएगा, फ्रिज में पड़ी है।"

अजय चुप रहा। रीता चेक लेकर चली गई। उसने बेड-रूम का दरवाजा बन्द किया।

दो पैग ने रात का नशा जिन्दा कर दिया था।

कालबेल की आवाज ने अजय को जगा दिया। उसने घड़ी देखी। साढ़े ग्यारह बजे थे। ड्राइंगरूम से रीता और किसी पुरुष की आवाज आ रही थी। अजय समझ गया कि टेलीफोन वाले आए हैं। वह बिस्तर से निकला और ड्रेसिंगगाउन पहन-कर ड्राइंगरूम में आ गया।

रीता उन्हें बता रही थी कि फोन कहां रखना है।

"मेमसाहब खिड़की की चौखट में सुराख करना पड़ेगा।"

"ठीक है। कितनी देर लगेगी?"

"टेलीफोन का खंभा दूर नहीं। अधिक फिटींग नहीं करनी पड़ेगी। हम आधे घण्टे में काम समाप्त कर देंगे।"

"ठीक है। शुरू कर दो।"

मेकेनिक चला गया। बाहर उसके दूसरे साथी थे। और उन्होंने काम शुरू कर डाला।

"नींद आई?" रीता ने पूछा।

"हाँ। लेकिन शरीर खुल नहीं सका।"

"यह लोग तोड़फोड़ करेंगे। आप बेडरूम में चले जाइए। मैं इनकी निगरानी करती हूं।"

"इन्हें पांच रुपये टिप कर देना।"

"जी।"

"बैलेंस कितना है?"

"सात हजार छः सौ। पांच सौ निकलवाने के बाद।"

"आज जो चेक जमा कराया है वह तीन दिन में खाते में जमा हो जाएगा। मेरा विचार है सागर साहब को तीन हजार रुपया दे सकते हैं।"

"अभी कितना देना है?"

"शायद दस हजार होगा।"

"इस वर्ष सारी रकम चुकता हो जाएगी?"

"यदि व्हिस्की सम्हल कर पी।" कहकर वह बेडरूम में चला गया।

उसने सिगरेट सुलगाई। लेकिन उसे यूं लगा कि उसका कंठ सूख रहा है। फ्रिज बरामदे में था। वह गया और एक बोतल बीयर उठा लाया। बोतल खोलकर उसने गिलास में डाली। ठंडी बीयर शरीर के भीतर गई तो व्हिस्की की आग दबने लगी।

रीता ने ड्राइंगरूम का वह दरवाजा जो बेडरूम में खुलता था, बन्द कर दिया था। लेकिन हथौड़े की चोटों की आवाज तो आ रही थी।

अजय ने अखबार पढ़ना शुरू कर दिया।

पौन घण्टे में शोर समाप्त हो गया।

रीता ने पांच का नोट दे दिया।

"करेण्ट कब आएगा?"

"एक-डेढ़ घण्टे बाद।"

"और नम्बर क्या है?"

"वह एक्सचेज वाले बताएंगे।"

पांच का नोट लेकर वह लोग चले गए।

रीता बेडरूम में आ गई। "

वह लोग काम समाप्त कर गए हैं?"

"हूं।"

रीता के हाथ में पर्स था। उसने नोट निकाले और बोली, "वार्डरोब में रख दूं?"

"हां।"

रीता ने नोट रख दिए।

"खाना किस समय खाना है?"

"अभी नहीं। दूसरी बोतल भी ले लाओ।"

रीता बोतल ले आई और पलंग पर बैठ गई।

"कल के पत्र देखने हैं?"

"कोई खास बात लिखी है?"

"केवल प्रशंसा की है। एक ने आटोग्राफ के साथ फोटो मांगा है।"

."उसे भेज देना। वह कलाकार कब आ रही है?"

"मैंने उसे शाम चार बजे का समय दिया था।"

"शकल-सूरत से कैसी है?"

"ठीक है। दो ड्रामें प्रस्तुत कर चुकी है। सिर के बाल सुनहरी नहीं बल्कि मेहंदी रग के हैं।

"तुम महिलाएं सबसे पहले सूरत, फिर बाल, उसके बाद वेशभूषा और अन्त में गहने देखती हो।" अजय ने मुस्कराकर कहा

"कंवलसिंह से कहूं कि खाना लगा दे।"

"मेरा विचार है तुम्हें भूख लगी है।"

"और आपको नहीं?"

"अच्छा कह दो, मैं यह बीयर खत्म कर दूं।"

रीता उठकर चली गई। वह दस मिनट बाद लौट आई।

"खाना लगा दिया गया।"

"चलो।" कहकर अजय ने गिलास खाली कर दिया।

खाना शुरू हुआ।

"कुछ याद आया रात कहां थे?"

"नहीं! बच्चन के साथ था।"

"आप नहीं पीते तो कितना अरसा निकल जाता है और पीते हैं तो फिर दिन-रात पीते रहते हैं।"

अजय चुप रहा।

"मेरे बालों का यह ढंग कैसा है?"

"अच्छा है।"

"स्त्री अपनी प्रशंसा सुनकर बहुत खुश होती है।"

"मैं प्रशंसा करना भूल जाता हूं।"

"आज शाम का क्या प्रोग्राम है?"

"कोई खास नहीं। तुमने कोई बनाया है तो मैं तुम्हारे साथ चल सकता हूं।"

"मुझे यहां आए एक वर्ष हो गया है, लेकिन आपने अपना जन्मदिन नहीं मनाया।"

"कभी सोचा भी नहीं।"

"वैसे कब है?"

"दसवीं के सार्टीफिकेट पर लिखा होगा। लेकिन मैं जानता हूं वह गलत है।"

"जो लिखा है वही मान लिया कीजिए।"

"यदि व्हिस्की पीना और कुछ लेखकों और शायरों को बुलाना उद्देश्य हो तो ऐसी पार्टी तो अक्सर होती रहती हैं।"

''आज शाम बाजार चलेंगे?"

"कुछ खरीदना है?"

"हां। पलंग के लिए चादरें।"

"तुम्हारा चुनाव बुरा नहीं। तुम खरीद लाना।"

"आप साथ क्यों नहीं चलते?"

"कल चलेंगे।"

"मुझे नौकरी नहीं मिल सकती?"

"क्या करोगी नौकरी करके?"

"आप सदा यही उत्तर देते हैं।"

"बीयर से तो नशा हो गया।"

"तो खाने के बाद सो जाइए।"

"अब नींद नहीं आएगी।"

"कोशिश कीजिए।"

अजय चुप रहा। वह समझ गया कि रीता क्या चाहती है। उसने बालों की चर्चा क्यों की थी।

खाना समाप्त करके वह उठे और अजय बेडरूम में चला गया। उसने सिगरेट सुलगाई और पलंग पर लेट गया। रीता दस मिनट बाद आई।

"आप जाग रहे हैं?"

"हां"

"मैं पत्रों का उत्तर लिख दूं।"

"नहीं। मेरे पास आ जाओ। पहले कंवलसिंह को पैसा दे दो ताकि वह बीयर और व्हिस्की की एक-एक बोतल ले आए।"

"जी। कहकर रीता ने वार्डरोब खोला। सौ का नोट निकाला और कमरे से निकल गई।

"कंवलसिंह खाना खाकर जा रहा है।"

"ठीक है। दरवाजा बन्द कर दो।"

रीता ने दरवाजा बन्द किया और पलंग पर बैठ गई।

"यह कौन सा सैण्ट है?"

"कैसी महक है?"

"बहुत अच्छी। यहां तो यह सैण्ट नहीं बनता।"

"जी नहीं।"

"उपन्यास समाप्त हुआ है। जब भी उपन्यास समाप्त करता हूं तुम्हारे लिए साड़ी लाता हूं।"

"अब तो बहुत हो गई हैं।" कहकर वह उसके साथ लेट गई, "नया नावल कब शुरू करना है।"

"अभी कल तो समाप्त किया है।"

"मैं प्लाट दूं?"

"अवश्य।"

"रीता ने प्लाट सुनाना शुरू कर दिया। पांच मिनट बाद अजय बोला, "बस।"

"हूं।"

और वह एक-दूसरे में खो गए।

अचानक टेलीफोन की घण्टी बज उठी।.

"मैं जाती हैं।"

"जाओ।"

रीता गई और उसने फोन उठाया।

"यस।···" रीता ने कहा।

आपका नम्बर···है।"

"एक बार फिर से बताइए।"

आपरेटर ने नम्बर दोहराया और पूछा, "आप कौन बोल रही हैं?"

"मैं मिस्टर अजय की सेक्रेटरी हूं।"

"आवाज ठीक आ रही है?"

"जी हां।"

फोन बन्द हो गया। रीता बेडरूम में आ गई।

"क्या नम्बर है?" अजय ने पूछा।

रीता ने नम्बर बता दिया।

"पहला फोन किसे करेंगे?"

"बहुत टेढ़ा सवाल है। मेरे तीन प्रकाशक हैं। इन्हें करता। हूं। कंवलसिह चला गया था?"

'मेरा विचार है, अब आने वाला होगा।"

"क्या बजा है?"

"पौने चार।"

"क्या नाम बताया था उस कलाकार का?"

"लता शर्मा।"

बरामदे से कदमों की चाप की आवाज आई। फिर फ्रिज खुलने की आवाज आई।"

"मेरा विचार है कंवलसिंह आ गया है।" रीता ने कहा।

"तो व्हिस्की ले आओ।"

"अभी से व्हिस्की शुरू कर दी तो रात दस बजे तक आप बोतल खाली कर देंगे।"।

"नहीं। आज अधिक नहीं पीऊंगा।" "

"लता शर्मा भी आने वाली होंगी।"

"उसे मेरी आवश्यकता है, मुझे उसकी आवश्यकता नहीं।" अजय ने कहा।

रीता कमरे से निकल गई और बोतल ले आई।

"एक गिलास बना दो।"

"आप उठकर मुंह-हाथ धो लें। बालों को कंघी की नफरत है।

अजय उठकर चला गया। रीता बिस्तरा ठीक करने लगी।

घण्टी की आवाज सुनकर रीता ड्राइंगरूम में गई और दरवाजा खोला। मिसेज लता शर्मा खड़ी थी।

"अजय साहब हैं?"

"जी हां। आप बैठिए।"

लता शर्मा बैठ गई उसके हाथ में एक फाइल थी।

"क्या कर रहे हैं?"

"बाथरूम में हैं।"

"आपने कहा था?"

"जी हां।"

"उन्होंने क्या कहा?"

"अभी आ जाते हैं। आप ही बात कर लें।"

इतने में अजय आ गया। लता खड़ी हो गई। और उसने हाथ जोड़कर नमस्ते कही।

"बैठिए।" कहकर अजय भी बैठ गया।

"आप मिसेज लता शर्मा हैं?" रीता ने कहा।

"मैं समझ गया हूं।"

"रीता मेरा गिलास और सिगरेट ले आओ।"

रीता चली गई।

"फरमाइए।"

"मैंने आपके उपन्यास 'दायरे' को ड्रामा के रूप में ढाला है। और अब इसे स्टेज करने की अनुमति चाहती हैं।"

रीता आ गई थी। वह गिलास और सिगरेट रखकर अलग कुर्सी पर बैठ गई।

"मेरा विचार है, उपन्यास दायरे की नायिका शराब पीती है। वह पात्र कौन बन रहा है।"

"मैं।"

आपने कितने ड्रामें प्रस्तुत किए हैं?"

"दो और इनके कई शो हो चुके हैं।

"आप उसका चरित्र निभा सकेंगी?"

"मुझे स्वयं पर पूरा भरोसा है।"

"मैं फिल्में बहुत कम देखता हूं। केवल एक फिल्म पसन्द आई थी जिसमें मीनाकुमारी शराबी का रोल करती है।" अजय ने कहा।

"मेरे पहले ड्रामा के कुछ फोटोग्राफ हैं।" कहकर लता ने फाइल से कुछ फोटो निकाले और बढ़ा दिए।

"आप क्या पीएंगीं। गर्म या ठंडा।" अजय ने पूछा

"चाय या काफी।"

"अजय ने लता की ओर देखा। वह उठकर चली गई। कंवलसिंह को समझा कर लौट आई। अजय फोटो देख रहा था।

"इस फोटो में तो आप मीनाकुमारी नजर आ रही हैं। बड़ी समानता है।"

"धन्यवाद। वैसे मैंने एक उपन्यास भी लिखा है। आपके लिए एक प्रति लाई हूं।" उसने किताब बढ़ा दी।

अजय ने फोटो रीता को दे दिए और वह इन्हें देखने लगी।

अजय ने नाबल के तीन-चार पृष्ठ देखे और कुछ भाग पढा और मेज पर रख दिया।

कंवलसिंह काफी और नमकीन लाया था। उसने मेज पर रख दी।

लीजिए।"

"धन्यवाद।" लता ने कहा और प्याला उठा लिया।

एक प्याला रीता के हाथ में था। अजय ने मेंज पर से गिलास उठाया और गिलास से एक घूंट लिया।

"मैं स्क्रिप्ट छोड़ जाती हूं। नावल और ड्रामे में कुछ अन्तर हैं। कुछ सम्वाद मैंने अपनी ओर से भी लिख डाले हैं। यदि आपका पसन्द न हों तो काट दीजिएगा।"

"ड्रायरेक्ट कौन करेगा?" "

मैं ही।"

"खूब! आप अभिनय करती हैं। डायरेक्शन दे सकतीं हैं और उपन्यास भी लिख सकतीं हैं। तीन आर्ट एक व्यक्ति के पास हों; मैं पहली बार ऐसे व्यक्ति से मिल रहा हूं।"

"आपके उपन्यास के पात्र जब स्टेज पर जीवित पात्रों के रूप में प्रस्तुत होंगे तो आपके लिए वह नई बात होगी।" लता ने कहा

"टिकट का दर क्या है?"

"हम टिकट नहीं बेचते। मुफ्त पास जारी करते हैं। मैं नहीं चाहती कि टिकट खरीदकर तांगा चलाने वाला भी ड्रामा देखने आ जाए। केवल उन लोगों को पास देती हूं जो कला को

समझते हैं और इसकी कद्र करते हैं।" लता ने कहा।

"यह शौक तो बहुत महंगा है। आखिर थिएटर हाल का किराया और इसके अतिरिक्त स्टेज पर सैट भी लगाएंगी। इसके लिए पैसे कहां से आते हैं?"

"हम सावनियर—स्मारिका, छापते हैं और विज्ञापन प्राप्त करते हैं।" लता ने कहा।

"एक शो पर कितना रुपया लग जाता है?"

"पहली बार तो लगभग तीन हजार रुपया खर्च करना पड़ता है।"

"इतना रुपया विज्ञापन से आ जाता है?"

"जी हां!"

"और मुझे क्या मिलेगा?"

"पास ; जितने लोग बुलाना चाहें बुला सकते हैं। एक कलाकार दूसरे कलाकार को पैसा नहीं दे सकता।" लता ने कहा।

"बहुत अच्छी दलील है। क्या आपकी कम्पनी में हर व्यक्ति मुफ्त काम करता है?"

"केवल एक या दो हैं जो टेलीविजन कलाकार हैं। वह पैसे मांगते हैं। शेष तो शौक के तौर पर काम करते हैं।" लता ने कहा।

"खूब। रीता गिलास खाली है।"

रीता उठी और गिलास लेकर बेडरूम में चली गई। वह लौटी तो अजय बोला, "क्या हर पात्र अपने सम्वाद याद करता है?"

"जी हां। आप स्क्रिप्ट पास कर देंगे तो हम दो मास रिहर्सल करेंगे। आप रिहर्सल पर किसी दिन तशरीफ लाइए।"

"मैं वायदा नहीं करता कोशिश करूंगा।"

"यह फोन···"

"आज ही लगा।" रीता बोली।

"क्या नम्बर है?"

रीता ने नम्बर बताया। लता ने उसे डायरी में लिख लिया

"आप स्क्रिप्ट कब तक पढ़ लेंगे?"

"कह नहीं सकता। कल नावल समाप्त किया है। एक

उपन्यास समाप्त करने के बाद कुछ दिन आराम करता हूं। फिर भी कोशिश करूंगा कि तीन-चार दिन में पढ़ डालूं।"

"बहुत मेहरबानी होगी। हम इसे शीघ्रातिशीघ्र स्टेज पर प्रस्तुत करना चाहते हैं।" लता ने कहा।

"दायरे में नायिका गुनहगार या दोषी है लेकिन इसके विपरीत पढ़ने वाले की उसके साथ सहानुभूति हो जाती है।" अजय ने कहा।

"यह ठीक है। इसीलिए मैंने इसे ड्रामे का रूप दिया है।"

"आप स्टेज पर ही शराबी का अभिनय करती हैं या वास्तविक जीवन में भी शौक रखती हैं?"

"जी नहीं। हां मेरे पति को बहुत शौक है।"

"कभी उनसे मिलवाइए। कहां है इन दिनों?"

"आसाम में।"

"फिर आप यहां क्यों हैं?"

"मुझे जंगल और मच्छर पसन्द नहीं।"

अजय मुस्करा दिया।

"एक समय था कि उपन्यासकार और शायर भूख और तंगी की प्रतिमा होते थे।"

"वह तो अब भी हैं। यद्यपि परिस्थिति बदल गई है। दस वर्ष हुए पाकेट बुक्स शुरू हुई है इससे लोगों में पढ़ने का शौक पैदा हो गया है और उपन्यासकार को भी चार पैसे मिलने लगे हैं। लेकिन पिछले दस वर्ष में केवल तीन-चार लेखक उभरे हैं। आज भी नये लेखक को प्रकाशक जल्दी अवसर नहीं देता। मैंने अपने पहले उपन्यास को पांच सौ रुपये में बेचा था। वह भी सर्वाधिकार। लेकिन अब वह बात नहीं।"

"आप किस ग्रुप से सम्पर्क रखते हैं?"

"मैं अपने आप में ही एक ग्रुप हूं।"

"बहुत अच्छा जवाब दिया।" लता ने मुस्कराकर कहा, "मेरा विचार है मैंने आपका कीमती समय आवश्यकता से अधिक नष्ट किया। अब आज्ञा चाहती हूं।"

"बेहतर"

लता खड़ी हो गई। उसने पर्स सम्हाला। फोटो डाले।

फाइल उठाई और नमस्ते कह कर चली गई।

"आपने कुछ अनुभव किया?" रीता बोली।

"क्या?"

"आप जब चाहें उसे हासिल कर सकते हैं?"

"नारी डाह! अब बताओ क्या प्रोग्राम है? तुम बाजार जाना चाहती थीं। यदि चलना है तो चल दो वरना कोई लेखक या शायर आ जाएगा।"

"मैं तैयार हूं।"

"तो मुझे कपड़े दे दो।"

"इसी क्षण घण्टी बजी।

दोनों ने एक दूसरे को देखा। अजय मुस्करा दिया।

"मेरा विचार है अब बाजार न जा सकेंगे।"

"यदि कोई शायर या लेखक हुआ तो मैं कह दूंगी कि आप घर में नहीं। आप बेडरूम में चले जाएं।"

"हूं।" कहकर अजय ने गिलास और सिगरेट का पैकेट उठाया और बेडरूम में चला गया।

रीता ने दरवाजा खोला।

"फरमाइए।"

"अजय साहब हैं।"

"जी नहीं।"

"मैं एक प्रकाशक हूं और इलाहाबाद से आया हूं।"

'अब रीता सोचने लगी।

"आप कल सुबह आ जाएं। आने से पहले फोन कर लें।"

"मैं जनपथ होटल में ठहरा हूं। और कल सुबह नौ बजे की गाड़ी से वापस जा रहा हूं।"

अब रीता फौरन जवाब न दे सकी।

"आप जानते हैं वह क्या रायल्टी लेते हैं?

"जी हां। और मैं नकद रुपया लाया हूं।"

"भीतर आ जाइए।"

प्रकाशक भीतर आकर सोफे पर बैठ गया। मेज पर काफी के प्याले और नमकीन की प्लेटें पड़ी थीं। रीता बेडरूम में गई और मुस्करा दी।

"क्यों?"

"लक्ष्मी देवी आई है।"

"उसे सुबह आने के लिए कह दिया होता।"

"इलाहाबाद से आया है और कल सुबह वापस जा रहा है।"

"तुम शाम बरबाद···"

"लक्ष्मी को ठुकराते नहीं।"

"चलो।" अजय ने दीर्घ निःश्वास लिया।

प्रकाशक खड़ा होकर मिला। और उसने अपना परिचय कराया।

फिर कारोबारी बातें शुरू हो गई।

प्रकाशक ने दो हजार के नोट मेज पर रख दिए। अजय ने इन्ही छुआ नहीं।

"रीता, मेरा लेटरहैड़ ले आओ।"

रीता चली गई।

दस मिनट में स्वीकृति-पत्र तैयार हो गया।

"नावल की पांडुलिपि छः मास उपरान्त मिल सकेगी।"

"कोई बात नहीं। शेष रुपया मैं पांडुलिपि मिलते ही चुका दूंगा। या आप वी॰ पी॰ से भिजवा दें।"

"व्हिस्की का शौक रखते हैं?"

"थोड़ा सा। यदि आप बुरा न माने तो क्यों न मेरे होटल चलें। यह मेरा सौभाग्य होगा कि शाम आपके साथ बिता सकूंगा। दौर भी चलेगा और खाना भी वहीं खा लेंगे।"

"क्यों रीता?"

"जैसा आप उचित समझें।"

"टैक्सी बाहर खड़ी है।" प्रकाशक ने कहा।

"अच्छा। मैं कपड़े बदल लूं।" कहकर अजय चला गया। और प्रकाशक रीता से बातें करने लगा।

दस मिनट बाद अजय और रीता पिछली सीट पर बैठे थे। और प्रकाशक ड्राइवर के साथ बैठा था।

"तुमने कुछ पैसे लिए?" अजय ने पूछा।

"जी नहीं?"

"आपको पैसे की जरुरत है।" प्रकाशक ने कहा।

"हां "

"मेरे पास हैं।"

"ड्राइवर गाड़ी जरा बाजार में रोक देना।" अजय ने कहा।"

"जी।"

"कुछ खरीदना है?" प्रकाशक ने कहा।

"हां, एक साड़ी। रीता पैसे लाना भूल गई।" अजय ने कहा।

"कोई बात नहीं। मेरी ओर से एक तुच्छ उपहार ले लीजिए।" प्रकाशक ने कहा।

"जी नहीं, यह कर्ज होगा। आप रायल्टी से काट लें उपहार में देना चाहता हूं।"

"क्या अन्तर पड़ता है। मैं भाभी से पहली बार मिला हूं।"

"यह आपकी भाभी नहीं। मेरी सेक्रेटरी है।"

"जाने दीजिए अजय साहब। अब यह राज राज़ नहीं रहा। दुनियां जानती है।" प्रकाशक ने हंसकर कहा।

बाजार आ गया था। अजय ने नावल्टी सिल्क स्टोर के आगे गाड़ी रुकवा दी।

मालिक उसका परिचित था। उसने स्वयं साड़ियां दिखाई। अजय ने तीन मिनट में साड़ी पसन्द कर ली।

प्रकाशक ने बिल चुका दिया।

रीता खुशी से फूली न समा रही थी। साड़ी तीन सौ साठ रुपये की थी। अजय जब मूड में होता है तो इसी तरह करता है। वह एक वर्ष से अजय के साथ रह रही थी। और अब अजय को समझ गई थी।

बातें होती रहीं। और होटल आ गया। कमरा एयरकंडीशन्ड था। और व्हिस्की का दौर शुरू हो गया।

लेखकों और साहित्य पर बातें होने लगीं। रीता भी भाग ले रही थी। उसका अध्ययन काफी था। और आजकल के साहित्य पर अच्छी बहस कर सकती थी।

साढ़े बारह बजे खाना मंगाया गया। रीता अनानास के तीन गिलास पी चुकी थी।

खाना बुरा न था।

खाने के बाद लतीफे शुरू हो गए और रात के दो बजे रीता ने कहा—"मेरी विचार है। अब घर चलें।"

"ओह हां"

"अजय साहब आप कितनी रात गए तक पीते रहते हैं?"

"इनकी बात छोडिए। शुरू हो जाते हैं तो दिन-रात पीते रहते हैं। एक बार दस दिन और रात पीते रहे।" रीता बोली।

"और आप सम्हाल लेती हैं?" प्रकाशक ने हंस कर पूछा।

"अब तो कुछ समझ गई हूं।"

"लेखक साधारण इन्सानों से हट कर होते हैं।" प्रकाशक ने कहा।

मेरा विचार है सनकी होते हैं।" रीता ने मुस्कराकर कहा और साड़ी का पैकेट उठा कर खड़ी हो गई।

"मैं छोड़ आऊं।"

"जी नहीं। मैं इन्हें ले जाऊंगी।'

"आप न हों तो यह खो जाएं।" प्रकाशक ने कहा।

"इनका संसार में कोई नहीं।" रीता बोली।

"और तुम्हारा कौन है?" अजय भी खड़ा हो गया।

लिफ्ट में वह चौथी मंजिल से नीचे आए। और प्रकाशक ने दरबान से टैक्सी के लिए कहा।

टैक्सी आ गई।

"साड़ी के लिए धन्यवाद।" रीता ने कहा।

"आप लज्जित कर रही हैं।"

वे टैक्सी में बैठे और विदा कहकर चले गए।

"साड़ी कैसी है?"

"आपकी पसन्द बहुत ऊंची है।"

"रात बहुत हो गई है। और मेरा विचार है मैं जरुरत से अधिक पी गया हूं।"

"अभी तो ठीक हैं।"

"नींद आ रही है।"

"सोइएगा नहीं वरना कंवलसिंह को उठाना पड़ेगा।" रीता ने हंसकर कहा।

"नहीं। सोऊंगा नहीं। मैं तुम्हें इस साड़ी में देखना चाहता हूं।"

"जी चाहता है टैक्सी छोड़ दें और पैदल घर चलें।"

"मैं चल न सकूंगा।"

"मैं जानती हूं।"

'मैंने पहले उपन्यास के सर्वाधिकार पांच सौ रुपये में बेचे थे।"

"वह दस वर्ष पुरानी बात है। अब हजारों की बात होती हैं।"

घर आ गया था। न अजय के पास पैसे थे न रीता के पास। कंवलसिंह को घंटी देकर जगाया। अजय भीतर गया और पलंग पर लेट गया। रीता ने पैसे निकालकर कंवलसिंह को दिए कि वह टैक्सी का बिल चुका दे।

रीता ने साड़ी पहनी।

"कैसी है?" रीता ने आईने में स्वयं को देखते हुए कहा। लेकिन अजय सो गया था।

तीन

प्रातः पांच बजे अजय की आंख खुली। प्यास से कंठ सूख रहा था। उसने एक गिलास पानी पिया और टेबललैम्प की मद्धिम रोशनी में उसने देखा कि रीता नई साड़ी पहने सो रही है। मेज पर व्हिस्की की बोतल पड़ी थी। उसने गिलास में एक पंग डाला और एक ही बार में गिलास खाली कर दिया। फिर वह गई रात की कड़ियां जोड़ने लगा। कुछ याद आया और कुछ भूल गया। वह धीरे से पलंग से उतरा तो रीता ने आंखें खोल दीं।

"क्या बजा है?"

"सवा पांच?"

"ओह। इसका मतलब है हम केवल अढ़ाई घण्टे सोए हैं।

"रात हम कितने बजे घर आए थे?"

"लगभग अढाई बजे।" रीता ने कहा।

"आपने फिर पी ली?"

"कठ सूख रहा था। और प्यास से बुरा हाल था। तुम अभी सो क्यों नहीं जाती?"

"अब नींद नहीं आएगी। दोपहर को सो लूंगी।" रीता ने आंखें पूरी खोल दी।

'चाय तैयार कर दूं?"

"नहीं। मैं एक पंग और पीऊंगा। फिर लेट जाऊंगा।"

"आपको मेरी साड़ी पसन्द आई?" रीता ने कम्बल उतार दिया।

"बहुत अच्छी है।" कहकर अजय ने गिलास में दूसरा पैग डाला और एक घूंट लिया। गिलास रखकर उसने सिगरेट सुलगाई।

"रात तो बहुत दिलचस्प और रंगीन थी और आप बहुत अच्छे मूड में थे।"

"लेकिन मुझे तो याद नहीं। हम कब आए और कैसे आए थे?"

"टैक्सी में आए थे। और कंवलसिंह आपको सहारा देकर या उठाकर भीतर लाया था।"

"तुम इतनी कीमती साड़ी पहनकर सो गई?"

"आपसे अधिक कोई वस्तु कीमती नहीं है।"

"लेखक के साथ रहकर संवाद बहुत अच्छे बोलने लगी हो।"

"आप और न पीजिए।"

"नहीं। केवल यही पंग पीऊंगा। रात का खुमार ठीक हो जाएगा।" कहकर अजय ने गिलास खाली कर दिया।

"अब लेट जाइए।"

"हूं।" कहकर उसने आधा सिगरेट बुझा दिया। टेबल लैम्प की रोशनी बन्द की और लेट गया।

"सोने की कोशिश कीजिए।" रीता ने कहा।

"शायद नींद आ जाए।"

रीता ने अपना बाजू उसकी गर्दन के नीचे रख दिया। उसके शरीर से सैण्ट की महक आ रही थी।

"आप थके हुए तो नहीं?"

"नहीं। अब ठीक हूं।"

"रीता ने दूसरे हाथ से उसके बालों में उंगलियां फेरना शुरू कर दीं।

फिर कोई बात न हुई। केवल हाथ काम करते रहे। धीरे-धीरे तूफान उठने लगा और वह एक-दूसरे में खो गए।

तूफान गुजर गया तो अजय ने कहा, "अब शायद नींद आ जाए।"

"आप सो जाइए। मैं पहरा दूंगी।"

"क्या मुझे कोई उठाकर ले जाएगा।"

दो पैग से नशा ताजा हो गया था।

"मैं एक पैग और पी लूं?"

"काफी क्यों नहीं पी लेते।"

"नहीं। मुझे व्हिस्की की जरूरत है।"

रीता चुप रही। अजय ने एक पैग और पिया और फिर लेट गया। नींद धीरे-धीरे आने लगी।

"शायद मुझे नींद आ जाए।" अजय ने कहा।

"आप जितनी देर चाहें सो सकते हैं।"

"और तुम?"

"मैं बाथरूम जा रही हूं।"

"स्नान करोगी?"

"हां।"

"लेकिन पानी ठडा होगा।"

"मुझे ठंडे पानी की जरूरत है।"

अजय ने उत्तर न दिया। उसने आंखें मूद ली थीं, और दस मिनट बाद सो गया। लेकिन यह नींद असली न थी, व्हिस्की का नशा था।

रीता ने उसे देखा, धीरे से उसके माथे को चूमा और

बिस्तर से निकल गई। उसने तमाम परदे खींच दिए और अंधेरा गहरा हो गया। वह धीरे से कमरे से निकल गई।

दस बजे तक वह तीन बार उसे देखने आई, लेकिन अजय गहरी नींद सो रहा था। दस बजे उसकी आंख खुली। उसने टेबललैम्प जलाया और छत को घूरने लगा।

पांच मिनट में वह थक गया था। उसने गिलास में व्हिस्की डाली, और उसे खाली कर दिया।

रीता आ गई।

"नींद पूरी हो गई?"

"हां।"

"तो नाश्ता कर लीजिए।"

"पहले स्नान कर लूं।"

"क्या पानी तैयार है?"

"स्नान से तबीयत ठीक हो जाएगी।"

"मैं स्नान करा दूं?"

"नहीं।"

"आप स्नान कीजिए और मैं नाश्ता तैयार करती हूं।"

"बेहतर।" कहकर वह विस्तर से निकला। और बाथरूम में चला गया।

कंवलसिंह गर्म पानी की बाल्टी ले आया। वह दांत साफ कर रहा था।

स्नान ने उसे स्वस्थ कर दिया और वह नाश्ते की मेज पर चला गया।

रीता जानती थी कि वह इस हालत में कैसा नाश्ता करता है। उसने वही तैयार किया था।

"तुम नाश्ता नहीं कर रही हो?"

"मैं कर चुकी हूं।"

"और में अकेला नाश्ता नहीं कर सकता और न ही खाना खा सकता हूं।"

"मैं एक कप चाय पी लूंगी।"

"गनीमत है।"

"आप कभी-कभी तो चार वर्ष के बच्चे बने जाते हैं।"

अजय ने उत्तर न दिया।

रीता ने फिर कोई बात नहीं की। नाश्ता समाप्त हो गया।

"मुझे आज का अखबार दे दो।"

"आप बेडरूम में जाइए। मैं अखबार लाती हूं।"

वह बेडरूम में चला गया।

रीता अखबार ले आई।

"किसी चीज की जरूरत तो नहीं?"

"नहीं।"

"अब तबीयत कैसी है?"

"अब ठीक हूं।"

"अभी और सोना है?"

"नहीं। अब खाने के बाद सोऊंगा।"

"व्हिस्की और न पीजिएगा।"

अजय ने उत्तर न दिया। वह अखबार पढ़ने लगा। रीता चली गई। और कंवलसिंह झाड़ू लेकर आ गया। उसने संगमरमर के टुकड़ों के फर्श पर झाड़ू लगाया। फिर गीले कपड़े से फर्श साफ करने लगा।

एक घण्टे में अजय ने अखबार पढ़ लिया। अखबार रख कर उसने सिगरेट सुलगाई और कल्पना की दुनियां में खो गया।

रीता उसे कितना समझती थी और उसका कितना ध्यान रखती थी। घर में कोई आवाज न आ रही थी।

आखिर रीता उससे क्या आशा रखती है? उसे यहां आए एक वर्ष हो गया था। इसके आने से पहले जीवन एक मरूस्थल की भांति था। वह और कंवलसिंह होते थे।

उसके काम करने का कोई निश्चित समय न था। कभी वह दिन में लिखने लगता। कभी रात के दस बजे लिखना शुरु कर देता और दो-तीन बजे तक लिखता रहता।

रीता के आने से पहले शाम को या तो वह किसी मित्र के यहां चला जाता या कोई शायर या लेखक उसके यहां आ जाता। और व्हिस्की का दौर शुरु हो जाता। और रात गए

तक महफिल जमी रहती। लेकिन रीता के आने से परिस्थिति बदल गई थी।

हर प्रकाशक, लेखक और शायर उसकी और रीता की बातें करते थे। कुछ ईर्ष्या के मारे जलते थे और यहां तक कह देते थे कि अजय लेखक नहीं है। उसकी लेखनी में गहराई नहीं है। उसके उपन्यासों के पात्र समाज के ठुकराए हुए लोग थे जिनकी दुखभरी कहानी पाठक को रुला देती थी। लेकिन स्वयं वह कभी न रोया था। उसके आंसू तो रजनी के चले जाने से पन्द्रह दिन में खुश्क हो गए थे।

लेकिन यह दस वर्ष पुरानी बात थी। अब नशे की हालत में कभी-कभी रजनी याद आ जाती थी। लेकिन उसकी बेवफाई शराब का नशा समाप्त कर देती थी।

उन दिनों वह मेहनत कर रहा था लेकिन कीर्ति और मर्यादा उससे कोसों दूर थीं।

उसने न जाने कितने प्रकाशकों के दरवाजों पर दस्तक दीं। कुछ प्रकाशक उसे बैठने को कुर्सी दे देते थे और कुछ कुर्सी भी न देते थे।

उसके पिता का देहान्त हो चुका था। एक बहन थी जिसका ब्याह हो गया था। और बड़ा भाई था। उसकी पत्नी और दो बच्चे थे। इनके अतिरिक्त घर में मां थी।

वह अपना दिन कांफीहाउस में बिताता जहां उसके जैसे दर्जनों असफल, निराश लेखक बैठे रहते थे, जो सफल लेखकों को गालियां देते रहते थे। लेकिन अजय ने कभी किसी को गाली न दी थी। ये तमाम असफल लेखक सुर्ख सवेरे की प्रतीक्षा में थे। लेकिन अजय को सुर्ख सवेरे में कोई दिलचस्पी न थी। साहित्य में प्रगतिवादी लेखक सफल थे। प्रगतिशील या कम्युनिस्ट जो कुछ भी वह थे, वे रेडियो पर छाए हुए थे और आर्थिक रूप से परेशान न थे। नये-नये लेखक उनकी चमचागिरी करते थे।

बड़ा भाई अरविन्द चाहता था कि अजय सरकारी नौकरी करे और अजय सरकारी नोकरी करने को तैयार न था।

घर में रोज फसाद होने लगा।

भाई ने कह दिया कि वह उसका बोझ नहीं उठा सकता। भाभी ने कह दिया कि वह उसका खाना नहीं पका सकती।

और कई रातें उसने भूखे रहकर बिता दी।

मां विवश थी। वह अरविन्द की दया पर थी इसलिए अजय के आंसू न पोंछ सकती थी।

एक दिन फसाद ने हंगामे का रूप धारण कर लिया।

"कल से तुम्हारा खाना बन्द।" अरविन्द ने कहा।

अजय चुप रहा।

"अब तुम चुप क्यों हो? मुफ्त की रोटियां तोड़ते हुए लाज नहीं आती?"

अजय ने संयम से काम लिया।

"लेकिन नौकरी कहां है?" उसने धीरे से कहा।

तुमने शिक्षा भी पूरी नहीं की। सेकेंड ईयर में कालेज छोड़ दिया। मैंने कहा टाइप करना सीख लो। तुमसे वह भी न हो सका।"

"कालेज मैंने नहीं छोड़ा।" अजय ने विरोध किया। "

"फिर मैंने छोड़ा है?"

"कालेज इसलिए छूट गया कि तुमने मुझे फीस नहीं दी। और कालेज वालों ने मेरी फीस माफ नहीं की।" अजय ने कहा, "और मैं नौकरी नहीं करूंगा, उपन्यासकार बनूंगा।"

"सुन रही हो मां," अरविन्द गर्जा "यह निखट्टू क्या कह रहा है। यह उपन्यासकार बनेगा। यह नौकरी नहीं करना चाहता।"

मां चुप रही।

"तुम इस घर में नहीं रह सकते।" अरविन्द ने कहा।

"घर बाबूजी ने बनाया था। जितना तुम्हारा हक है उतना ही मेरा हक है।"

"ओह! तो तुम मुझे हक समझा रहे हो। तुम्हारा इस मकान पर कोई हक नहीं। अदालत का दरवाजा खुला है। यदि वकील, मुंशी और कोर्टफीस के पैसे हैं तो मुकदमा दायर कर दो।"

अजय का विचार था कि मां उसकी मदद करेगी। लेकिन

मां विधवा थी, उसे अरविन्द रोटी दे रहा था। वह अरविन्द के विरुद्ध बोल न सकती थी।

"बेहतर! मैं कल ही चला जाऊंगा।" अजय ने कहा।

"बेटा। कहां जाओगे। आखिर बड़े भाई की बात मान क्यों नहीं लेते?"

"मां। मैं नौकरी नहीं कर सकता। मेरी शिक्षा अधूरी है। मैं केवल हायर सेकेंडरी पास हूं।"

"लेकिन बेटा कहां जागोगे। कोई रिश्तेदार इस योग्य नहीं कि तुम्हारी मदद कर सके।"

"चिन्ता न करो मां। मैं जायदाद का हिस्सा भी छोड़ता हूं। इस देश में लाखों लोग बड़े शहरों में सड़क की पटरियों पर सोते हैं। फुटपाथ पर सोने से इन्सान मर नहीं जाता।"

"लेकिन बेटा। तुम टाइप क्यों नहीं सीख लेते?"

अजय चुप रहा। और अपने कमरे में चला गया।

उसकी सारी पूंजी दो कमीज और दो पतलून थी। एक बेजान फटेहाल बिस्तरा था, जिसकी चादर जीवन की अन्तिम सांस ले रही थी।

वह स्वाभिमानी, जिद्दी और हठ का पक्का था। बिस्तरा उठाकर वह मां के पास गया।

"मां। मैं जा रहा हूं।"

"बेटा। बड़े भाई की बात मान लो।"

"नहीं मां। मेरा स्वाभिमान स्वीकार नहीं करता।"

"सुबह से कुछ खाया है?"

"रात भी कुछ नहीं खाया था। चिन्ता न करो मां। मैं जानता हूं कि मैं इस संसार में दुख-दर्द उठाने के लिए आया हूं। लेकिन वह दिन या सुबह अवश्य आएगी जब मैं अपने पांव पर खड़ा हो जाऊंगा।"

"बेटा तुमने लिहाफ भी नहीं लिया। सर्दियों में क्या करोगे?"

"जब सर्दी आएगी तब देखूंगा। मां मुझे आशीर्वाद भी न देना। मैं यहां से कुछ भी नहीं ले जाना चाहता।" अजय ने कहा।

“यह कैसी ज़िद है?”

“मुझे भगवान शिव पर भरोसा है। मैंने कोई धार्मिक पुस्तक नहीं पढ़ी। न ही पाठ-पूजा की है। केवल एक मंत्र जानता हूं, ओम सत्यम शिवम सुन्दरम।”

“बेटा मेरे पास साठ रुपए हैं तुम पचास रुपये ले जाओ। इन पचास रुपयों से जीवन तो नहीं बीत सकता; लेकिन कुछ दिन बीत जाएंगे।”

“नहीं मां रहने दो। तुम्हारे काम आएंगे।”

“बेटा। तुम मेरी विवशता समझते हो।” मां की आंखों में आंसू आ गए। उसने ट्रंक खोलकर पचास रुपये निकाल कर बढ़ा दिए।

“नहीं मां।”

“अजय, आखिर तुम मेरे बेटे हो। मैं इससे अधिक कुछ नहीं कर सकती।”

“मैं जानता हूं। और मां भैया से कह देना कि मैं जाय दाद का हिस्सा लेने की खातिर अदालत में न जाऊंगा। यदि भगवान शिव ने मेरी मेहनत सफल कर दी तो मैं इससे बेहतर मकान बना लूंगा।”

“वह अवश्य सुनेगा। यह रूपये ले लो। यह मेरे है तुम्हारे भाई के नहीं।”

“मां। इन्हें अपने पास रख लो।”

“मेरा दिल न तोड़ो। मैं जानती हूं कि मैं लाचार और विवश हूं। यदि तुमने न लिए तो मेरा दिल टूट जाएगा।”

“अच्छा। मैं इसे कर्ज के रूप में ले रहा हूं।” कहकर अजय ने नोट पतलून की जेब में डाले। “मां, अब आशीर्वाद न देना। मैं केवल भगवान शिव का आशीर्वाद चाहता हूं।” कहकर वह घर से निकल गया।

भाभी रसोईघर में थी। लेकिन सब कुछ सुन रही थी। जब अजय चला गया तो वह सास के पास आई।

“आखिर पचास रुपये दे दिए।”

मां चुप रहीं। उसने मैली धोती से आंसू सुखा दिए।

“अब भूखा मरेगा तो दिमाग ठीक होगा।”

“यहां कौन-से उसे परांठे मिलते थे।” मां आखिर मां थी।

“आपने बना दिए होते।”

“जब तुम्हारे ससुर जीवित थे तो मैं उसे परांठे ही खिलाती थी।”

“तो साथ चले जाना था।”

मां ने उत्तर न दिया। बहू ने कुछ जली-कटी सुनाई और थककर कमरे से निकल गई।

चार

एक दरी। एक चादर और एक तकिया। इसके अतिरिक्त एक पतलून और एक कमीज का बोझ ही क्या था?

वीरेन्द्र शर्मा उसकी तरह भूखा लेखक था। लेकिन प्रकाशक उसकी पुस्तकें छाप देते थे। वह झुग्गी-झोंपड़ी के इलाके में जा रहा था।

अजय उसके पास पहुंचा।

“अरे तुम?”

“हां। मैं ही हूं। तुमने क्या मेरा भूत समझा था?”

“यह बिस्तर?

“मैंने घर छोड़ दिया है।”

“ओह! अच्छा भीतर आओ?”

वीरेन्द्र शर्मा का मकान केवल एक कमरा था, इसमें वह रहता था। उसकी पत्नी थी और एक बच्चा था। कमरे में ही खाना पकता था। और वहां ही स्नान होता था। पाखाना सरकारी था। ओर पचास घरों के लोग उसको इस्तेमाल करते थे।

“शीला, घर में यदि चीनी हो तो दो प्याले चाय बना दो।’ वीरेन्द्र ने पत्नी से कहा।

“मैं बना देती हूं।”

“अजय, तुमने घर छोड़ दिया या तुम्हें घर से निकाल दिया गया?” वीरेन्द्र ने पूछा।

"मेरा विचार है, इस विवाद को बन्द कर दें।"

"अब क्या प्रोग्राम है?"

"कुछ नहीं। यदि अनुमति मिले तो मैं इस फर्श पर सो जाया करूंगा।"

"लेकिन इस बला की गर्मी में बन्द कमरे में नींद कैसे आएगी?" हम तो गली में सोते हैं, लेकिन हमारे पास केवल दो चारपाइयां हैं।

"मेरे पास पचास रुपये है। चारपाई तीन-चार रुपए में आ जाएगी। वीरेन्द्र चिंता न करो मैं तुम्हारी हालत जानता हूं। मैं तुम पर बोझ न बनूंगा।"

इतने में एक व्यक्ति आया।

"शर्माजी।" उसने आवाज दी।

"रमेश या जामो?"

रमेश भीतर आया। उसके शरीर पर पैबंद लगी कमीज थी और उसी तरह की पतलून थी।

"ओह! आप तो व्यस्त हैं।" रमेश ने कहा।

"कोई बात नहीं। यह भी अपने आदमी हैं!"

"खैर। मैं कहने आया था कि कल सुबह तैयार रहना।"

"आठ बजे?"

"हां "

"मैं तैयार रहूंगा।" वीरेन्द्र ने कहा।

"अच्छा! मैं चलता हूं।" कहकर रमेश चला गया।

"कहां जा रहे हो?" अजय ने प्रश्न किया।

"लो, चाय पिओ।" वीरेन्द्र ने कहा।

"मेरी बात का उत्तर दो।"

"अब तुमसे क्या छिपाना। और छिपाना भी चाहूं तो छिपा न सकूंगा। रमेश बहुत अच्छा कारीगर है। डिस्टेंम्पर और दरवाजों-खिड़कियों पर रोगन या वारनिश करता है। नावलों से जो कुछ मिलता है, उससे तो दो समय की रोटी भी नहीं चलती। इसलिए मैं इसके साथ चला जाता हूं।

"यानी तुम डिस्टैम्पर और रोगन करते हो?"

"अब भीख तो मांग नहीं सकता।"

"क्या मिल जाता है?"

"चार रुपये प्रतिदिन।"

"वीरेन्द्र क्या मुझे भी साष ले चलोगे?"

"मुझे आपत्ति नहीं। लेकिन यह काम बहुत सख्त है। यदि किसी अमीर की कोठी हो तो रमेश को दस रुपये एक दिन के मिलते हैं। और मुझे पांच रुपए। मै तो अब अभ्यस्त हो गया हूं लेकिन तुम इतनी मेहनत न कर सकोगे।"

"क्यों नहीं कर सकता? मुझे भी भगवान ने हाथ-पांव दिए हैं।" अजय ने कहा।

"तुम···"

"वीरेन्द्र। अब बहस न करो। कल सुबह रमेश आए तो मुझे भो साथ ले जाना।"

"रमेश से पूछना पड़ेगा?"

'कहां रहता है?"

"इसी झुग्गी-झोंपड़ी कालोनी में।"

"तो अभी चल कर बात कर लेते हैं। नावल नहीं बिकते तो क्या हुआ। सुन्दर कोठियां तो देखने को मिलेंगी।" अजय ने हंसकर कहा।

"तुम बड़े जिद्दी हो।"

"जिद्दी होना गुनाह नहीं। और न ही मेहनत से रोटी कमाना गुनाह है।"

वे रमेश से मिले। रमेश ने फौरन हां कह दी।

अगले दिन वह तीनों एक बहुत बड़ी कोठी पर पहुंचे। रमेश अजय को समझा रहा था कि ब्रुश किस तरह पकड़ना है और उसे किस तरह निचोड़ना है।

"ध्यान रखना। कोठी का मालिक पसे देने के मामले में बहुत खुले दिल का आदमी है। लेकिन वह काम बहुत अच्छा चाहता है। घबराने की बात नहीं। मैं समझाता रहूंगा। साहब आप तो पढ़े लिखे हैं तीन-चार दिन में काम सीख जाएंगे।

"लो बीड़ी पीओ।"

"बीड़ी का नाम सुनकर अजय को आभास हुआ कि उसने

सुबह से एक भी सिगरेट नहीं पीया है। उसने बीड़ी ली और सुलगाई। लेकिन सिगरेट और बीड़ी में अन्तर है।

रमेश मसाला तैयार कर रहा था। तैयार हुआ तो उन्होंने काम शुरू कर दिया।

ग्यारह बजे मालीकन आईं।

"रमेश। चाय भिजवा दूं?"

"हां। बीबीजी।"

"केवल दो कप।" अजय बोल पड़ा।

"क्यों। तुम तीन हो। दो कप क्यों?"

"जी। मैं चाय नहीं पीता।" अजय ने कहा।

"खैर। रमेश काम हर साल की तरह ए वन करना।" मालकिन ने कहा।

"आप चिन्ता न करें।"

मालकिन चली गई।

"आप चाय नहीं पीते?" रमेश ने अजय से पूछा।

"पीता है। लेकिन खरीद कर।" वीरेन्द्र ने मुस्कराकर कहा।

"पैसे हैं या दूं?"

"है।"

"तो जाकर चाय पी आओ।"

"मालकिन नाराज तो नहीं होगी।"

"बिल्कुल नहीं। मैं कह दूंगा कि मैंने कुछ सामान मंगाया है?"

"इस इलाके में तो चाय की दुकान भी न होगी।"

"है।" रमेश ने कहा, "कोठियों के पीछे धोबी रहते हैं। वहां एक चाय वाला है।"

"फिर लंच में पी लूंगा।"

"लंच तो एक बजे होगा। और अभी केवल ग्यारह बजे हैं।" रमेश ने कलाई की घड़ी देखी।

"कोई बात नहीं। इस बीड़ी से में स्वस्थ्य हो गया हूं।" अजय ने कहा।

"सचमुच तुम अजय हो।" वीरेन्द्र ने कहा, "अजय अर्थात

जो हार न खा सकता हो।"

"आओ, कामरेड। काम करें।"

कोठी बहुत बड़ी थी और दो मंजिला थी। यानी पन्द्रह दिन का काम था।

वीरेन्द्र रोटियां और आलू लाया था। रमेश अपनी रोटी लाया था। तीनों ने मिलकर खाई।"

दोपहर के तीन बजे मालकिन फिर आ गई।

"यह ड्राइंगरूम आज पूरा कर दोगे?"

"जी बीबीजी। पूरा करके जाएंगे, चाहे हमें एक घण्टा अधिक काम करना पड़े। आप कल कौन-सा कमरा कराना चाहती हैं।"

"रमेश, तुम हर वर्ष काम करते हो। क्या तुम नहीं जानते? अच्छा मैं तुम्हारी चाय भिजवा रही हूं।"

इतने में कोठी में रौनक हो गई।मालिक की जवान लड़की अपनी सहेलियों के साथ कालेज से आ गई थी। और उसके कमरे से रेडियोग्राम पर रिकार्ड गीत उगलने लगे। और इसके साथ ही कहकहों की आवाज आने लगी।

"जाओ। आप भी चाय पी आओ।" रमेश ने कहा।

"हूं।" कहकर अजय चला गया।

उसके पास मां के दिए हुए पचास रुपये ये उसमें से उसने अब तक केवल एक चारपाई खरीदी थी और आधा पकेट सिगरेट।

आज दिन में उसने तीन बीड़ियां पी थीं। अब चाय के साथ वह आधा पैकेट सिगरेट भी खरीद लेगा।

चाय के साथ उसने सिगरेट सुलगाई तो उसकी सारी थकान दूर हो गई। स्वस्थ होकर कोठी में दाखिल हो गया।

उसने बहुत सावधानी से काम किया था लेकिन इसके विपरीत उसके कपड़े पर डिस्टेंपर के कुछ छींटे पड़ गए थे।

संगीत और गीत की आवाज आ रही थी। लेकिन यह नई फिल्मों के गीत थे। इनमें न दर्द था और न ही रस था। बिल्कुल फीके और बेजान थे। उसे दस वर्ष पुरानी फिल्मों के

गीत पसन्द थे।

छः बजे तक उन्होंने ड्राइंगरूम समाप्त कर दिया। मालकिन आई।

"काम समाप्त हो गया?"

"जी बीबी जी।" रमेश ने कहा। वह बर्तन साफ कर रहा था

"पैसे दूं?"

"जी नहीं। इकठे ले लेंगें।"

रमेश ने नमस्ते की। और वह तीनों झुग्गी-झोंपड़ी कालोनी की ओर रवाना हो गए।

"अजय, कैसा अनुभव कर रहे हो?" वीरेन्द्र ने पूछा।

"ठीक हूं।"

"यह हाथ केवल पेन उठा सकते हैं। मेरा विचार है हाथ, बाजू और कंधों के पट्टे अकड़ गए होंगे।"

"छोड़ो इस बात को।"

"कल भी काम करोगे?" वीरेन्द्र ने पूछा।

"क्यों नही?"

वह बातें करते हुए शाम सात बजे के लगभग घर पहुंचे।

"कपड़े बदल लो।"वीरेन्द्र ने कहा।

"नहीं। यही पहन कर सो जाऊंगा।"

"और लिबास नहीं है?"

"एक जोड़ा और है।"

"फिर तो मुश्किल हो जाएगी।"

"नहीं।"

उसने जीवन में पहली बार मजदूरी की थी। इसलिए वह खाना खाकर नौ बजे ही सो गया।

पन्द्रह दिन में काम समाप्त हो गया। चार रुपए प्रतिदिन के हिसाब से अजय को साठ रुपये मिले। उसने वीरेन्द्र को दे दिए।

"क्यों?" वीरेन्द्र ने प्रश्न किया।

"घर के खर्च के लिए।"

"अजय, तुम मेरे मेहमान हो।"

"नहीं। मैं बोझ नहीं बनना चाहता।"

"फिर काम करेंगे तो ले लूंगा। इस रुपये में से अपने लिए एक पतलून बोर बुशर्ट सिलवा लो। कल प्रकाशक के यहां चलेंगे; वैसे कितने उपन्यास लिख रखे हैं?"

"चार।"!

"इनमें से जो सबसे अच्छा हो उसकी पांडुलिपि साथ ले 'लेना।"

"हूं।"

"वैसे तुम्हें जायदाद का हिस्सा इस तरह नहीं छोड़ना चाहिए था।"

"अतीत की बात न करो।" अजय ने कहा, "वह मकान मेरे भाई ने नहीं बनाया है, बल्कि पिताजी ने बनवाया था। यदि वह बनवा सकते थे तो एक दिन में भी बनवा लूंगा।"

"और तुम्हारी प्रेमिका का क्या हाल है?"

"उसे मिलने के लिए अवकाश किसके पास है। वीरेन्द्र हमारे जीवन में हर चीज अधूरी है। वह डिस्टेम्पर करने वाले से शादी नहीं कर सकती।"

"क्या याद भी नहीं आती?"

"दिन-भर की मेहनत के बाद केवल नींद आती है।"

"पत्थर दिल हो।" वीरेन्द्र ने हंसकर कहा।

"नहीं वीरेन्द्र। दुनिया में स्त्री तमाम गमों का इलाज नहीं। फिर आज की लड़कियां दुःख और दर्द से दूर भागती हैं। वह तो रेस्टोरेंट में शाम बिताना चाहती हैं। और हर नई फिल्म देखना चाहती हैं। इनमें कुरबानी, त्याग और नम्रता नाम के गुण नहीं।"

"तुम्हें शेव बनाए कितने दिन हो गए?"

"सोलह।"

"कल सुबह शेव बनवाओ।"

"जरूर। और कपड़े भी धोऊंगा।"

"वह तुम्हारी भाभी धो देंगी।"

"नहीं वीरेन्द्र। मैं अपने कपड़े स्वयं धोता हूं।"

वीरेन्द्र चुप रहा।

अगले दिन वीरेन्द्र उसे प्रकाशक के पास ले गया और उसका परिचय कराया।

"कोई उपन्यास अब तक छपा है?" प्रकाशक ने पूछा।

"जी नहीं।"

"फिर मैं विवश हूं। वीरेन्द्र तुम जानते हो मैं छोटा-सा प्रकाशक हूं। और नये लेखक को मारकीट में नहीं ला सकता। यह काम तो कोई बड़ा प्रकाशक ही कर सकता है।" आप लोग चाय पीएंगे?"

"पी सकते हैं।" वीरेन्द्र ने कहा।

अजय चुप हो गया। प्रकाशक और वीरेन्द्र बातें करते रहे।

एक घण्टे वाद वह दुकान से निकले।

"मुझे खेद है।" वीरेन्द्र ने कहा।

"क्यों। मैंने जीवन में पहली बार इनकार नहीं सुना है। अब तो आदी हो गया हूं।"

"तुम कभी सिध्दार्थ से मिले हो?"

"नहीं।"

"शायद वह तुम्हारी मदद कर सके। लेकिन मुसीबत यह है कि उसे ढूंढना पड़ता है। शाम को तो कभी नहीं मिलता। जहां दौर शुरु हुआ वहीं आधी रात बिता देता है।" वीरेन्द्र ने कहा।

"इतना बड़ा लेखक तो मेरे साथ बात भी नहीं करेगा।" अजय ने कहा।

"नहीं अजय। वह बड़े दिल का मालिक है।

कल सुबह नौ बजे उसे मिलेंगे। अब चलकर और एक बुशर्ट का कपड़ा खरीदते हैं।"

"अजय चुप रहा।

"कोशिश करते हैं कि रेडीमेड मिल जाए।"

वीरेन्द्र ने सलाह दी।

"जैसा तुम उचित समझो।"

"वैसे आज शाम को आठ बजे के लगभग उसके घर चलेंगे। यदि भाग्य ने साथ दिया तो शायद भेंट हो जाए।"

"ठीक है।"

उन्होंने बत्तीस रुपये में रेडीमेड एक पतलून और बुशर्ट खरीद लिए। और वहां से काफीहाउस चले गए।

शाम सात बजे वह सिद्धार्थ के घर के लिए रवाना हो गए। इसके लिए उन्हें बस में सवार होना पड़ा।

बातें करते हुए वह सिद्धार्थ के घर पहुंचे। दस्तक दी तो एक दस-ग्यारह वर्ष का लड़का आया।

"डैडी घर पर हैं?" वीरेन्द्र ने पूछा।

"हैं। आपका नाम क्या है?"

"वीरेन्द्र शर्मा। क्या मुझे भूल गए हो? मैं चार-पांच बार आया हूं।"

"इतने लोग मिलने आते हैं कि मैं सबको याद नहीं रख सकता।"

"अच्छा बेटा। उनसे कहो कि हम मिलना चाहते हैं।"

लड़का चला गया।

"वीरेन्द्र। मेरा दिल धड़क रहा है और टांगें कांप रही हैं।"

"हिम्मत से काम लो। जीवन में लगन और सच्ची मेहनत पचास प्रतिशत काम करती है। औरं पचास प्रतिशत भाग्य। भाग्य तो काम आ गया। अब आगे देखें क्या है।"

इतने में लड़का आ गया।

"आप आ सकते हैं।"

"आओ अजय।" वीरेन्द्र ने कहा और वह घर में प्रविष्ट हो गया। सिद्धार्थ का मकान तीन मंजिला था। पहली मंजिल पर किरायेदार था। वह ऊपर चले गए। लड़का एक कमरा पार करके इन्हें दूसरे कमरे में ले गया। पहले कमरे में डाइनिंग टेबल, छः कुर्सियां, फ्रिज और चीनी और शीशे के बर्तनों की आलमारी थी।

वह दूसरे कमरे में प्रविष्ट हुए।

अजय की टांगें कांप रही थीं। पतलून और बुशर्ट का पार्सल उसके हाथ से गिरना चाहता था। वह कमरे में प्रविष्ट हुआ।

"आइए शर्मा साहब।"

"नमस्कार।" शर्मा ने कहा, "यह अजय हैं।"

"खूब" सिद्धार्थ ने अजय को ऊपर से नीचे तक देखा।

कमरे में दो सोफे थे। अजय ने हाथ जोड़े और वीरेन्द्र के साथ सोफे पर बैठ गया।

मेज पर व्हिस्की की बोतल थी। गिलास था और पानी का जग था।

सिद्धार्थ का बेटा दो गिलास ले आया।

"शर्मा साहब, कैसा चल रहा है?" सिद्धार्थ ने कहा।

"जी। आपकी कृपा है।"

"लो। अपने लिए व्हिस्की डाल लो।"

"मैं तो पी लूंगा। लेकिन अजय नहीं पीता।"

"अजय साहब आप क्या करते हैं?"

"नावल लिखते हैं जो छपते नहीं।" वीरेन्द्र ने गिलास में व्हिस्की डाली।

"नई बात नहीं। यह बात कई बार सुनी है। मिस्टर अजय आप सिगरेट भी नहीं पीते?"

"वह तो पीता है।" वीरेन्द्र ने कहा।

तो सिगरेट ही लो। लेकिन मैं हैरान हूं कि जो उपन्यास-कार शराब नहीं पीता वह नावल कसे लिख सकता है?" सिद्धार्थ ने मुस्कराकर कहा।

"आपकी आयु दीर्घ हो।" वीरेन्द्र ने गिलास उठाकर कहा

अजय ने कमरे का निरीक्षण किया। कई संगमरमर के छोटे-छोटे टुकड़ों से बना था। एक ओर रेडियोग्राम और टी॰ वी॰ था। एक कोने में मेज पर टेलीफोन था। दीवार में बार्ड-रोब बना हुआ था, जो सागवान की लकड़ी का था। फर्श पर कालीन था। और छत से लटकता हुआ पंखा हल्की चाल से चल रहा था।

सिद्धार्थ ने सिल्क का कुर्त्ता और सिल्क की लुंगी पहन रखी थी। गरेबान चाक था। और सीने के बाल दिखाई दे रहे थे।

"क्या बात है आज आप अकेले कैसे हैं? आप की शामें तो बहुत मशहूर हैं।" वीरेन्द्र ने कहा।

'आज मैं सबको छोड़ आया हूं। आज जरा एकान्त में पीना चाहता था।"

"फिर तो हमें नहीं आना चाहिए था।"

"बिल्कुल नहीं। मैं ऐसा एकान्त भी नहीं चाहता कि बोर हो जाऊं। फिर व्हिस्की अकेले पीना जुर्म है। वैसे तो रेडियो-ग्राम है लेकिन वह पांच पैग के बाद जिन्दा होगा।"

वीरेन्द्र ने गिलास खाली करके रख दिया।

"शर्मा जी, आप जानते हैं कि में खाली गिलास से घृणा करता हूं। मैं साकी के कर्तव्य भी नहीं निभा सकता। अपनी इच्छानुसार व्हिस्की पीते रहिए।" सिद्धार्थ ने कहा।

"धन्यवाद।" कहकर वीरेन्द्र ने गिलास बनाया।

"आजकल जो लिख रहे हैं उसका क्या नाम है?"

"कोई नाम नहीं। कभी नाम पहले मिल जाता है और फिर उपन्यास शुरू करता हूं। कभी लिखने के बीच मिल जाता है। और ऐसा भी होता है कि उपन्यास पूर्ण हो जाता है और नाम नहीं मिलता। इनका क्या नाम बताया था?"

''अजय।" वीरेन्द्र ने उत्तर दिया।

"बहुत अच्छा नाम है।"

"आप अपने कीमती समय से थोड़ा समय निकालकर इनकी पांडुलिपि पढ़ सकेंगे?" वीरेन्द्र ने कहा।

"शर्मा जी। आप जानते हैं कि मैं अपनी पांडुलिपि पर दुबारा नजर नहीं डालता। फिर मेरे पढ़ने से क्या प्राप्त होगा?"

"आपकी राय की बहुत कीमत है।"

सिद्धार्थ सिर्फ मुस्कराकर रह गए, कुछ बोले नहीं। "खैर! एक बात को मैं ही नहीं सैकड़ों लोग स्वीकार करते हैं कि आपके जैसा निडर लेखक कोई नहीं।"

"शर्मा जी। मैंने जीवन में कोई कोटा परमिट या लाइसेंस नहीं लिया। किसी की खुशामद नहीं की। अपनी मेहनत पर भरोसा है। फिर डरने का सवाल कहां पैदा होता है।"

“आप ठीक कहते हैं। एक बात और कहूंगा।”

“अवश्य।”

“आपने सिद्ध कर दिया है कि लेखक मेहनत और ईमानदारी के बलबूते पर जीवित रह सकता है। और एक अच्छा जीवन बिता सकता है।”

“यह ठीक है। लेकिन अब तो प्रत्येक लेखक अपनी कीमत वसूल कर रहा है। अभी पिछले दिनों एक बहुत प्रसिद्ध कहानी लेखक को जनता ने डेढ़ लाख की थैली भेंट की। थैली चेक के रूप में थी। और उसे एक मंत्री ने भेंट की। लेकिन ध्यान देने योग्य बात यह थी कि उस हॉल में जहां यह समारोह हुआ वहां लगभग पचास आदमी थे। इनमें से आधे सी॰ आई॰ डी॰ के थे। मैं नहीं समझ सका कि वह जनता कहां थी जिन्होंने डेढ़ लाख रुपया जमा किया था। लेखक भी अब राजनीतिज्ञ बन गया है और मुझे इससे घृणा है।”

वीरेन्द्र ने सोचा कि अब लोहा गर्म हो गया है। अब उचित समय है कि वह बात कर डाले।

“सिद्धार्थ साहब। आप अजय की सिफारिश कर दें।”

“किस तरह की सिफारिश?”

“किसी बड़े प्रकाशक से मिलवा दें।”

“शर्मा जी। इससे क्या लाभ होगा? प्रकाशक प्रसिद्ध नाम और अच्छा नावल खोजता है।”

“फिर भी आप एक फोन कर दें।”

“मुझे आपत्ति नहीं। लेकिन मैं सिफारिश न करूंगा। प्रकाशक सिफारिश नहीं मानते। वह व्यापारी हैं। और हर बात को पैसे के तराजू में तोलते हैं। मेरे पास वह लेखक भी आते है, जो अपनी रचना छपवाने के लिए पैसा भी देने को तैयार हैं। और मैं इन्हें यही राय देता हूं कि लेखक न बनो बल्कि स्कूटर खरीद कर सैर करो।”

“कई अच्छे लेखक तो फिल्मों में चले गए हैं। और गरीब मजदूरों की कहानियां लिखकर स्वयं कारों में घूमते हैं।”

“शर्मा जी। मेरी एक बात याद रखिए।”

“फरमाइए।”

"कुछ लोग अच्छे लेखक हैं लेकिन असफल सेल्जमैन है। और कुछ बुरे लेखक हैं लेकिन सफल सेल्जमैन हैं। अच्छा साहित्य लिखने के लिए उन्माद और दीवानगी की जरूरत है। और किसी हद तक मानव दानव भी बन जाता है।"

"आपने आज तक कोई शार्गिद नहीं बनाया?"

"नहीं क्योंकि मेरा कोई उस्ताद न था। मैं एफ॰ ए॰ भी नहीं हूं। लेकिन मैंने दस हजार से अधिक रुपये की अंग्रेजी की पुस्तकें खरीदी हैं, हर लेखक को पढ़ा है। और अब एम॰ ए॰ इंगलिश के लेक्चरार या प्रोफेसर को अंग्रेजी पढ़ा सकता हूं।"

"मैं जानता हूं।"

"आपका गिलास फिर खाली है।" सिद्धार्थ ने कहा।

"गलती हो गई।"

"बरखुरदार तुम कोका कोला ही पी लो। साथ के कमरे में फ्रिज है। जाकर अपने लिए कोला ले आओ।"

"जी मैं फ्रिज खोलना नहीं जानता।" अजय ने कहा।

"मैं ला देता हूं।" कहकर वीरेन्द्र चला गया और कोका कोला ले आया। उसने खोलकर अजय को दे दिया।

"क्या नाम बताया था इनका?" सिद्धार्थ अब नशे में था।

"अजय।"

"ओह हां। अजय! जो हार न सकता हो। देखो चिर्र-जीव, यह लेखक बनना चाहते हो तो केवल उस वातावरण और पात्रों पर लिखो जिन्हें तुम जानते हो। एक बार मैंने एक कहानी पढ़ी जिसमें लिखा था कि दिवाली की रात को चांद निकला हुआ था।"

वीरेन्द्र खुलकर हंस पड़ा।

"बहुत खूब।"

"और एक लेखक ने, जो बहुत प्रचलित कहानी लेखक है, एक जगह लिखा था कि लोहे की "आहनी" आलमारी खोली।

'लोहे और "आहनी" में क्या अन्तंर है?" वीरेन्द्र ने हंसकर पूछा।

"यह तो वह ही जानता होगा। और एक लेखक है जिसके हर उपन्यास में 'नाजायज' बच्चा होता है जो इसका ट्रेडमार्क

है। एक जगह लिखता है कि बी॰ ए॰ करने के बाद हीरो साइन्स की लैबोरेट्री में असिस्टेंट भरती हो गया। हालांकि उसके सारे उपन्यास अंग्रेजी उपन्यासों का हवाला नहीं बल्कि अनुवाद हैं। लेकिन फिल्म इण्डस्ट्री में बहुत सफल है।"

"फिल्म इण्डस्ट्री के प्रति आपकी क्या राय है?"

"कुछ भी नहीं। यहां का डायरेक्टर हालीवुड के डायरेक्टर की नकल करता है। कहानीकार विदेशी फिल्मों से कहानियां चोरी करता है। संगीतकार संगीत की धुनें चोरी करता है। यहां कोई वस्तु ओरीजनल नहीं। हर वस्तु चोरी की है। और मुझ जैसा मूर्ख लेखक जो अच्छा सेल्जमैन नहीं कैसे सफल हो सकता है। हां एक और लतीफा याद आया।"

"हो जाए।"

"एक प्रसिद्ध लेखक ने लिखा है कि एक व्यक्ति को सांप ने काटा और वह मर गया। उसकी लाश को अग्नि की भेंट कर दिया गया। जबकि सांप के काटने से मरने वाले को दबाया जाता है।"

"यह तो मैं भी नहीं जानता था।" वीरेन्द्र ने कहा।

"खैर। छोड़िए इन बातों को अब जरा दर्द-भरे गीत हो जाएं।"

"आपकी पसन्द का गायक कौन है?"

"पंकज मलिक और तलत महमूदा। स्त्रियों में नूरजहां और गोताराय या दत्त।"

"और —" -

'इसके कुछ गीत बहुत अच्छे हैं। और मेरे पास रिकार्ड भी थे। लेकिन जब से इसने गाया कि कामराज कह रहे हैं कांग्रेस को वोट दो, मैंने उस दिन इसके सारे रिकार्ड तोड़ डाले।"

"यदि बुरा न मानें तो किसी प्रकाशक से केवल इतना कह दें कि मैं अजय को भेज रहा हूं।"

"आप हठ कर रहे हैं। कुछ प्राप्त न होगा।"

"फिर भी—"

"आप हठ करते हैं तो मैं कर देता हूं।" कहकर सिद्धार्थ

ने फोन उठाया और नम्बर मिलाया।

नम्बर मिल गया।

"कोन गुप्ताजी?"

"जी। आप कहां से बोल रहे हैं?"

"घर से।"

"आज्ञा कीजिए।"

"आज्ञा नहीं, मैं एक लेखक मिस्टर अजय को कल आपके पास भेज रहा हूं।"

"अवश्य भेजिए। क्या आपने पांडुलिपी पढ़ ली है?"

"नहीं। आप पढ़ लें।"

"मैं आपकी आज्ञा नहीं टाल सकता। लेकिन आप जानते हैं आजकल कागज बहुत महंगा हो गया है।"

"इसके विपरीत आप हर वर्ष एक कोठी बना लेते हैं। इतनी कोठियां क्या करोगे?"।

"आप तो लज्जित कर रहे हैं।"

"लज्जित नहीं कर रहा हूं। केवल परिचय करा रहा हूं। सिफारिश नहीं कर रहा हूं। क्योंकि यदि सिफारिश की तो आप अगले उपन्यास पर मेरी रायल्टी एक प्रतिशत कम कर देंगे।" सिद्धार्थ ने हंसकर कहा।

"क्या नाम बताया?"

"मिस्टर अजय।"

"अवश्य भेजिए।"

"और वह मेरी व्हिस्की की दस बोतलें कहां हैं?"

"जब चाहें मैं भिजवा दंगा। आप नावल कब दे रहे हैं?"

"कुछ दिन बाद शिमला जा रहा हूं। वापसी पर दे दूंगा।"

"यह तो सीजन है। और होटल बहुत महंगे होंगे। यदि कहें तो एडवांस भिजवा दूं।"

"नहीं। एडवांस की जरूरत नहीं। अच्छा फिर मिलेंगे।"

"अवश्य।"

सिद्धार्थ ने फोन बन्द कर दिया।

"लीजिए शर्माजी। अब आप खुश हैं। लेकिन याद रखिए सफलता के लिए मेहनत और लगन के अतिरिक्त भाग्य का साथ

भी जरूरी है।"

"यह गुप्ताजी राजधानी पब्लिशर वाले हैं?"

"बिल्कुल। अब जरा संगीत हो जाए। आप लोग खाना खाएंगे?"

"जी नहीं।"

"संकोच की बात नहीं। आप जानते हैं, इस घर में दो-तीन व्यक्तियों के लिए सदा फालतू खाना पकता है।"

"जी नहीं। धन्यवाद।"

फिर रेडियोग्राम से संगीत उभरने लगा। रात दस बजे वीरेन्द्र और अजय आज्ञा लेकर चले आए।

"अजय। अब बात भाग्य पर आन पड़ी है।"

"देखो।"

"क्या विचार है सिद्धार्थ साहब के बारे में?"

"एक पूर्ण व्यक्ति हैं।"

"तुमने ठीक कहा। तुम्हारी भाभी परेशान होगी और मेरा विचार है मैं कुछ अधिक पी गया हूं।"

"स्कूटर ले लें?'

"अभी वह दिन नहीं आए। अभी बस के लिए पैसे हों तो वह ही बहुत है।"

"तुम साथ चलोगे?"

"कहां?"

"गुप्ताजी के यहां?"

"अवश्य चलूंगा। लेकिन उन्होंने आज तक मेरा उपन्यास नहीं छापा। ये ढंग से बात तक नहीं करते।"

"ऐसी बात नहीं। अच्छे प्रकाशक भी हैं जो लेखक की कद्र करते हैं। सम्मान देते हैं। यदि उपन्यास नहीं भी छापेंगे तब भी उसका दिल नहीं तोड़ेंगे।"

बातें करते हुए वह रात ग्यारह बजे घर पहुंचे। वीरेन्द्र की पत्नी प्रतीक्षा कर रही थी। उसने खाना गर्म किया और वह खाकर सो गए।

पांच

अगले दिन तैयार होकर अजय और विरेन्द्र गुप्ता के दफ्तर पहुंचे। गुप्ता वीरेन्द्र को पहचानता था। वह नमस्ते कह कर बैठ गए। एक महान लेखक गुप्ता से बातें कर रहा था। मेज पर चाय थी। खाने का सामान था। और सिगरेट का पैकेट था।

वह लेखक और गुप्ता एक घण्टे तक बातें करते रहे। वीरेन्द्र और अजय चुप बैठे रहे।

एक घण्टे बाद वह लेखक चला गया तो गुप्ता बोला, "हां। अब कहो।"

"जी। यह अजय हैं: रात सिद्धार्थ जी ने आपको फोन किया था।"

"ओह हां। पांडुलिपि कहां है?"

अजय ने पांडुलिपि बढ़ा दी। गुप्ता ने यूं ही पृष्ट उलटे-पलटे। अजय का पास से कंठ सूख रहा था। लेकिन उसके भीतर जुर्रत न थी कि पानीमांग ले।

"हां, तो क्या चाहते हो? गुप्ता ने बेरुखी से पूछा।

"आप इसे छाप दीजिए।"

"इससे पहले कोई नावत छपा है? '

"जी नहीं।" वीरेन्द्र ही बात कर रहा था?"

"अच्छा इसे छोड़ जाओ। अब सिद्धार्थ साहब का हुक्म है। और व्हिस्की पीने के बाद इन्हें हुक्म देने की आदत है।" गुप्ता ने कहा।

"फिर कब हाजिर होऊं?"

"एक सप्ताह तो लगेगा।"

"कोई बात नहीं। हम एक सप्ताह प्रतीक्षा कर सकते है।"

"नये लेखक को छापना आसान नहीं।"

"प्रत्येक लेखक कभी न कभी नया होता है।"

"खैर।" कहकर गुप्ता ने एक फाइल खोल ली!

"अच्छा नमस्ते।" वीरेन्द्र ने खड़े होकर कहा। अजय ने

भी खड़े होकर नमस्ते कही।

गुप्ता ने उत्तर न दिया। और वह एयरकंडीशण्ड दफ्तर से निकल गए।

"वीरेन्द्र। प्यास लगी है।"

"पानी की रेडी वाला होगा।"

"वह तो एक गिलास पानी के पांच पैसा लेगा।" अजय ने कहा।

"तो प्याऊ से पी लेते हैं।"

उन्होंने प्याऊ से पानी पिया और घर के लिए रवाना हो गए।

अगले दिन रमेश आ गया।

"शर्माजी, कल से फिर काम शुरू करना है। एक बड़ी कोठी मिल गई है।"

"हम तैयार हैं।"

"सुबह आठ बजे चलेंगे।" कहकर रमेश चला गया।

"चलो कल से फिर व्यस्त हो जाएंगे।" वीरेन्द्र ने कहा।

"हूं।"

"आज,उदास क्यों हो?"

"ऐसी बात नहीं। यूं ही सिर भारी है।"

"ऐस्परीन को गोली खा लो।"

"नहीं।"

"तो चाय बनवाते हैं।" कहकर वीरेन्द्र ने पत्नी से कहा।

"चाय के बाद मिट्टी का तेल ले आइए।" पत्नी ने कहा।

"ला दूंगा।" वीरेन्द्र ने कहा।

"मुझे बताओ दुकान कहां है, मैं ले आता हूं।" अजय बोला।

"नहीं। मुझे जाना पड़ेगा। राशन की दुकान से मिलेगा। आजकल हर चीज का राशन है।" वीरेन्द्र ने कहा।

"और मेरा कार्ड नहीं।"

"चिन्ता न करो।"

"वीरेन्द्र मैं सोचता हूं कि मैं बोझ हूं।"

"बिल्कुल नहीं। ऐसा सोचा न करो।"

अजय चुप हो गया।

वीरेन्द्र ने साहित्य पर चर्चा शुरू कर दी। चाय पीकर वह मिट्टी के तेल के डिपो पर गए और पांच लीटर तेल लाए।

सात दिन वह डिस्टेंपर और रोगन करते रहे।

"मैं कल गुप्ताजी के पास जाऊंगा।"

"मैं भी चलूंगा।"

"नहीं पांच रुपये का नुक्सान होगा।"

"बात कर लोगे?"

"कर लूंगा।"

"खैर चले जाओ लेकिन मैं जवाब जानता हूं। गुप्ता कहेगा समय नहीं मिला?"

"फिर भी जाना तो चाहिए।"

"वह तो कई बार जाना पड़ेगा।" वीरेन्द्र ने बीड़ी सुलगाई अजय ने भी बीड़ी सुलगाई।

अगले दिन अजय गुप्ता से मिला और उसे वही उत्तर सुनना पड़ा जो वीरेन्द्र ने कहा था।

"अभी पढ़ नहीं सका।"

"फिर कब आऊं?"

"चार-पांच दिन बाद।"

"जी" कहकर अजय खड़ा हो गया, "अच्छा नमस्ते।"

गुप्ता ने उत्तर न दिया।

अजय घर न गया बल्कि काम पर चला गया। उसने सोचा कोठी का मालिक पूरे दिन का नहीं तो आधे दिन का पैसा दे देगा।

"क्या बना?" वीरेन्द्र ने पूछा।

"जो तुमने कहा था।"

"हिम्मत न हारना। अभी कई चक्कर लगाने पड़ेंगे।"

"मैं इतनी आसानी से पराजय स्वीकार नहीं कर सकता।"

"अपना ब्रुश सम्हाल लो।"

अजय ने ब्रुश उठाया और काम शुरू कर दिया।

कोठी बड़ी थी इसलिए वह अठारह दिन काम करते रहे। इस बीच फिर अजय एक बार गुप्ता से मिला।

कोठी का काम समाप्त हो गया।

अब वह बेकार थे। अजय ने नया नावल लिखना शुरू कर दिया। शाम को वह पार्क में चले जाते।

अजय पांचवीं बार गुप्ता से मिला।

"हां पढ़ लिया है। लेकिन हम किसी और नाम से नावल छापेंगे।" गुप्ता ने कहा

"मैं समझा नहीं।"

"सरीवंश के नाम से नावल छप सकता है।"

"मुझे स्वीकार नहीं।"

गुप्ता कुछ देर सोचता रहा फिर बोला, "अच्छा में तुम्हारे नाम से ही छाप देता हूं, लेकिन सारी भाषाओं के सर्वाधिकार खरीदूंगा।"

"पारिश्रमिक क्या होगा?

"अब तुम सिद्धार्थ साहब के आदमी हो। वैसे तो हम दो तीन सौ से अधिक नहीं देते लेकिन तुमको पांच सौ रुपये दे देंगे।"

"मुझे स्वीकार है।"

"दो सौ रुपया अब दूंगा और तीन सौ रुपया नावल छपने के बाद दूंगा।"

"ठीक है।"

"इस एग्रीमेण्ट पर हस्ताक्षर कर दो।"

अजय ने हस्ताक्षर कर दिए। उसका हाथ कांप रहा था।

गुप्ता ने दराज खोला चेक दे दूं?"

"मेरा बैंक में खाता नहीं। जीवन में आज तक मैं किसी बैंक के भीतर नहीं गया।"

"ओह। खैर यह लो।" उसने सौ-सौ के दो नोट दिए। इसकी रसीद बना दो।"

"सादा कागज पर?"

"नहीं," कहकर गुप्ता ने मैनेजर को बुलाया और वाउचर बनाने को कहा।

पांच मिनट में रसीद तैयार हो गई। अजय ने तीन बार धन्यवाद किया।

जीवन में पहली बार उसकी जेब में सौ का एक नहीं बल्कि

दो नोट थे।

अजय के पांव जमीन पर न थे। वह खुशी से दीवाना हो रहा था। वह जल्दी से जल्दी घर पहुंचकर वीरेन्द्र को यह खबर सुनाना चाहता था।

वह घर पहुंचा तो वीरेन्द्र नावल लिख रहा था।

"वीरेन्द्र उठो।" अजय ने कहा। वह हांफ रहा था।

"काम बन गया?"

"पहले गले से लग जाओ। वीरेन्द्र सौ-सौ के दो नोट हैं।"

"मुबारक हो।' वीरेन्द्र ने गले मिलकर कहा।

"मुबारक के तुम अधिकारी हो।"

"नहीं अजय। यह तुम्हारी मेहनत है। तुम्हें इतना बड़ा प्रकाशक मिल गया है। अब मंजिल दूर नहीं। किताब अच्छी संस्था से छपे तो बात और होती है। सिद्धार्थ साहब ने ठीक कहा था कि जीवन में सफल होने के लिए पचास प्रतिशत भाग भाग्य का है।"

फिर अजय ने सारी कहानी सुनाई।

"आओ। आज काफीहाउस चलें। मां के लिए पचास रुपये और दो कोठियों के डिस्टेंपर और रोगन के पैसों में से बहुत रुपये बचे हैं। मेरा विचार है यह रुपये भी भाभी को दे देता हूं। हम पांच रुपये लेकर चलते हैं। एक रुपये की काफी पीएंगे और चार रुपये की मुन्ने के लिए मिठाई लाएंगे।"

"बहुत खुश हो।"

"मैं बता नहीं सकता।"

"जब किताब छपकर आएगी तो उस रात तुम सो न सकोगे।"

मैं पहली किताब तुम्हें दूंगा और दूसरी सिद्धार्थ साहब को। अगला नावल सिद्धार्थ साहब को समर्पित करूंगा।"

"वह अनुमति न देंगे।"

"क्यों?"

"वह संस्ती पब्लिसिटी के विरुद्ध हैं।"

"आज उन्हें मिलने चलें। उनका धन्यवाद कर आएंगे।'

"संयम से काम लो। सिद्धार्थ साइब ऐसी बातों से बहुत ऊंचे हैं।"

अजय चुप हो गया।

"अजय जिस दिन पहला प्रशंसा का पत्र आएगा उस रात भी तुम सो न सकोगे।"

"आओ, काफीहाउस चलें। भाभी यह नोट रख लो।" अजय ने नोट बढ़ा दिए।

"और मेरे रुपयों में से पांच रुपये दे दो।"

"भैया। तुम्हारे रुपये अलग रखे हैं।" भाभी ने कहा, "अब तुम लेखक बन रहे हो। बेहतर है कि बैंक में खाता खोल लो।"

"अभी नहीं भाभी।'

"लेकिन इतनी नकदी घर में नहीं रखना चाहिए। तुम जानते हो इस कालोनी में दर्जनों जेबकतरे रहते हैं। या नाजायज शराब बेचने वाले।"

"वीरेन्द्र तुम्हारा बैंक में खाता है?"

"नहीं। मुझे बैंकों पर भरोसा नहीं। वीरेन्द्र ने हंसकर कहा।

"फिर?"

"सिद्धार्थ साहब से कह देंगे। उनके न मालूम कितने बैंकों में खाते हैं। वह परिचय करा देंगे।"

"चेकबुक भी मिलेगी?"

"वह तो सौ रुपया जमा कराने पर मिल जाएगी।"

"मैं चेकबुक का मालिक हूंगा!"

"क्यों नहीं?"

"आओ, काफीहाउस चलें।"

वह काफीहाउस चले गए।

उस रात अजय को रात दो बजे नींद आई।

दिन बीतते रहे।

जब डिस्टैपर का काम मिल जाता तो वह व्यस्त हो जाते, जब वह काम न होता तो नावल लिखते थे।

अजय अतीत से वर्तमान में आ गया। रीता भीतर आ गई

आप क्या सोच रहे हैं।"

"कुछ नहीं।"

"मैं तीन बार झांक चुकी हूं। दो बज गए हैं। क्या आज खाना नहीं खाना?"

"अभी खाता हूं। एक पेग व्हिस्की का दे दो।"

"अब बस भी कीजिए। आप तीन दिन से दिन-रात पी रहे हैं।"

"रीता!" अजय ने ऊंचे स्वर में कहा।

"ओह गलती हो गई।" मैं अभी बोतल लाती हूं।

बोतल खुल गई। अजय तीन बजे तक पीता रहा। फिर अजय और रीता ने खाना खाया और खाने के बाद अजय सो गया। रीता जानती थी कि अब वह रात को दस बजे जागेगा। फिर व्हिस्की शुरू होगी। और रात का खाना रात के दो बजे खाएगा।

इस एक वर्ष में रीता अजय को समझ गई थी। वह उसका पूरा ध्यान रखती थी।

अजय सो गया तो रीता ड्राइंगरूम में चली गई और नावल पढ़ने लगी। उसकी पड़ोस की किसी औरत या लड़की से मित्रता न थी। और पास-पड़ोसी इस बात पर नाराज थे और भांति-भांति की बातें करते। लेकिन वह यही समझते थे कि अजय और रीता पति-पत्नी हैं। लेकिन रीता मां क्यों न बनी थी।

प्रकाशक कारों में आते थे और सारा इलाका मध्यम वर्ग से भरा था। लोगों को इतना तो पता चल गया था कि अजय एक उपन्यासकार है और अच्छा जीवन व्यतीत करता है। फिर जब शाम को शराब की महफिलें जमती या अजय रेडियोग्राम लगा देता तो यह काफी परेशान होते थे। लेकिन अजय इनकी परवाह न करता था। प्रकाशकों की कारों का रोब इन्हें दबाए हुए था। और यह उसका जीवन था।

रात पौने नौ बजे अजय की आंख खुली। अंधेरे में उसने स्वयं का और वातावरण का निरीक्षण किया। नशा समाप्त हो गया था। प्यास से कंठ सूख रहा था। अजय को जब विश्वास

हो गया कि वह अपने बेडरूम में है तो उसने टेबललैम्प जलाया।

रोशनी सीमित थी। लेकिन रीता चौकन्नी थी, वह फौरन कमरे में आ गई।

"जाग गए?"

"हां। लेकिन मेरा सिर···"

"आप अधिक पी गए थे।"

अजय ने उत्तर न दिया। उसने गिलास में व्हिस्की डाली। पानी मिलाया और एक ही बार में गिलास खाली कर दिया।

"क्या बजा है?"

"नौ बजने वाले हैं।"

"सुबह के या रात के?"

"रात के।"

"मैं कब सोया था?"

"साढ़े तीन बजे।" कहकर रीता पलंग पर लेट गई। उसके शरीर से सैण्ट की महक आ रही थी।

"इस बोतल में चार अंगुल शराब है। यह बोतल कब खोली थी?"

"आज सुबह।"

"ओह?" उसने दूसरा पैग बनाया। और उसे भी एकही बार में खाली कर दिया। सिगरेट सुलगाकर उसने कश लिया।

"अब तबीयत कैसी है?"

"बेहतर है। मैं स्नान करना चाहता हूं।"

"दूसरा कुर्ता और लुंगी निकाल दूं?"

"निकाल दो।"

रीता उठी और उसने वार्डरोब से कुर्ता-लंगी निकाल दिए।

"गुसलखाने तक छोड़ आऊं?"

"नहीं मैं ठीक हूं।"

"स्नान के बाद कुछ खाइएगा?"

"सूप पीऊंगा।"

"किसका?"

"टमाटर का।"

"मैं कंवलसिंह से कह देती हूं।"

अजय स्नानगृह में चला गया। दो पैग से तबीयत संभल गई थी। उसने शावर खोला और उसके नीचे खड़ा हो गया। पन्द्रह मिनट से अधिक वह शावर के नीचे खड़ा रहा। पानी बहुत ठंडा न था। लेकिन गर्म पानी से शरीर खुल सकता था।

स्नानकर वह स्वस्थ हो गया। कपड़े पहनकर वह बेडरूम में आया तो रीता पलंग पर बैठी थी। और छोटे मेज पर सूप पड़ा था। अजय ने आइने के सामने खड़े होकर बालों में कंघी की। चेहरे पर क्रीम लगाई और पलंग की ओर बढ़ा।

वह गिलास में व्हिस्की डालने लगा।

"पहले सूप पी लेते जरा। वरना ठंडा हो जाएगा।"

"हूं" कहकर अजय सूप पीने लगा। गर्म सूप ने उसके जलते हुए पेट को शान्ति दी। सूप समाप्त करके उसने सिगरेट सुलगाई।

"कभी-कभी में सोचता हूं कि में बहुत पी जाता हूं।"

"और दिनों बल्कि कई सप्ताह नहीं पीते।"

"सुबह नाश्ता किया था?"

"किया था।

"और खाना।"

"तीन बजे खाया था।"

इतने में फोन की घण्टी बज उठी।

"मैं सुनती हूं।"

"तुम फोन सुनना चाहती हो?"

"जी हां।" कहकर रीता चली गई।

अजय व्हिस्की पी रहा था। रीता की आवाज उसे साफ सुनाई दे रही थी।

"जी हां। मैं कह दूंगी। इस समय तो वह आ नहीं सकेंगे सुबह आ सकेंगे।" रीता की आवाज आई। और फोन बन्द हो गया।

रीता बेडरूम में आई।

"कोई वीरेन्द्र शर्मा आपका मित्र था। वीरेन्द्र बीमार है।"

"ओह! फिर तो जाना पड़ेगा।"

"इस समय और इस दशा में···।"

"क्या अन्तर पड़ता है? अभी बजा ही क्या है?"

"ऐसी चिन्ता की आवश्यकता नहीं। उनके शरीर पर एक्जीमा हो गया है।"

"ओह भगवान।"

"और झुग्गी-झोंपड़ी कालोनी बहुत दूर है।"

"रीता तुम नहीं जानती हो, वीरेन्द्र के मुझ पर कितने अहसान हैं। टैक्सी मंगाओ। हम अभी चलेंगे। घर में कुछ पैसे हैं?" अजय ने गिलास खाली किया।

"सर्दी है। सूट पहन लीजिए।"

"शाल दे दो।"

"जैसा उचित समझें।"

"लेकिन वीरेन्द्र को कैसे पता लगा कि मेरे घर फोन लग गया है।"

'आपने बताया होगा कि लगने वाला है।"

"हां बताया था। अच्छा कंवलसिंह से कह दो कि टैक्सी ले आए। रुपए कितने हैं।"

"पांच सौ तो मैं कल बैंक से लाई थी। और दो हजार रुपया इलाहावाद वाला प्रकाशक दे गया था।"

"पांच सौ पचास रुपए ले लो।"

रीता ने कंवलसिंह को बुलाया और टैक्सी लाने के लिए कहा। फिर वार्डरोब खेलकर पांच सौ पचास रुपए निकाल लिए और पर्स में डाल लिए।

"यह बाकी व्हिस्की भी क्वार्टर में डाल लो।"

"गिलास और पानी भी ले लूं?"

"नहीं। टैक्सी में नहीं पीऊंगा। वीरेन्द्र के घर ही पी लूंगा।"

"झुग्गी-झोंपडी कालोनी का बिल दस रुपए से अधिक बन जाएगा। आप वीरेन्द्र को कितना रुपया देना चाहते हैं?" रीता ने पूछा।

"जितने वह मांगेगा।"

"आप कहें तो सौ रुपया और ले लूं?"

"नहीं। यह बहुत हैं।"

"मैं वार्डरोब को ताला लगाती हूं। आपके प्रोग्राम का पता नहीं। बेहतर होता कि आप गर्म पतलून और कोट पहन लेते।"

"आज इतनी सर्दी नहीं।"

टैक्सी आ गई थी। रीता ने वार्डरोब को ताला लगाया। व्हिस्की सम्हाली और वह बाहर जाकर टैक्सी में बैठ गए।

"कंवलसिंह, तुम खाना खा लेना। हम न मालूम कब आएं।" अजय ने कहा।

"आप चिन्ता न करें। मैं कालीन पर लेट जाऊंगा।"

टैक्सी चल पड़ी।

"रीता सिगरेट दो।"

"वह तो मैं लाना भूल गई।"

"कोई बात नहीं।" अजय ने कहा, "ड्राइवर किसी सिगरेट की दुकान पर टैक्सी रोक देना।"

"जी।" ड्राइवर ने कहा।

दो मिनट बाद टैक्सी रुक गई।

"साहब सिगरेट ले लीजिए।"

"यदि बुरा न मानें तो आप ही ला दें।"

रीता ने पर्स खोलकर दस का नोट बढ़ा दिया।

"कौन-सा सिगरेट साहब?"

अजय ने ब्रांड बता दिया, "माचिस भी लेते आना।"

ड्राइवर उतर गया।

"आप ठीक तो हैं?"।

"क्या बात करती हो! अभी तो शाम शुरू हुई है। केवल तीन पैग तो पीए हैं।"

ड्राइवर सिगरेट और माचिस ले आया।

"आप पीते हैं?" अजय ने पूछा।

"जी हां।"

"तो लीजिए।" अजय ने पैकट बढ़ा दिया।

"धन्यवाद।" कहकर ड्राइवर ने सिगरेट निकाल ली।

फिर कोई बात न हुई। टक्सी दौड़ती रही।

"क्या सोच रहे हैं?"

"वीरेन्द्र मुझसे सीनियर लेखक है। लेकिन आज भी झुग्गी-झोंपड़ी कालोनी में रह रहा है।"

"भाग्य।"

"हां रीता। जीवन में सफलता प्राप्त करने के लिए पचास प्रतिशत हाथ भाग्य का होता है।"

कालोनी आ गई थी।

"रीता। क्या बजा है?"

"मेरे पास घड़ी नहीं। और आप बांधते नहीं।"

"कल अपने लिए घड़ी खरीद लो।"

"नहीं आप खरीद कर देंगे।"

"तुम बिल्कुल बच्ची हो।"

रीता मुस्करा दी।

अजय ने वीरेन्द्र का घर या झोपड़ी जो कुछ भी है, उसके आगे टैक्सी रुकवा दी।

वे नीचे उतरे। रीता ने मीटर पढ़ना चाहा।

"साहब आप कहें तो में रुक सकता हूं।"

"हमें आधा घण्टा लग जाएगा।"

"कोई बात नहीं।"

"फिर फ्लैग हाफ कर दो। मैं वेटिंग नहीं दिया करता।"

"मुझे स्वीकार है।"

"आओ रीता।"

अजय ने दरवाजे पर दस्तक दी। भाभी ने दरवाजा खोला।

"नमस्ते भाभी।"

"अरे अजय! आओ आओ। आओ रीता।"

वह भीतर गए। भीतर वही वातावरण जो दस वर्ष पूर्व था। वीरेन्द्र चारपाई पर लेटा हुआ था।

"हैलो, उपन्यासकार।" अजय ने मुस्कराकर कहा। तुम बीमार कैसे पड़ गए?'

"कह नहीं सकता। कश्मीर आर्डर लेने गया था। कलाई पर घडी होती थी। न मालूम कैसे वहां निशान-सा पड़ गया। फिर कुछ दिनों में सारे शरीर पर फैल गया।"

"अजय चाय बनाऊं?" भाभी ने पूछा।

"नहीं भाभी। मैं ठंडी चाय पी रहा हूं एक गिलास दे दीजिए और थोड़ा-सा पानी। रीता व्हिस्की दो।"

कब से पी रहे हो?" वीरेन्द्र ने पूछा।

कुछ याद नहीं रीता जानती होगी।"

"टेलीफोन की मुबारकबाद स्वीकार करो।"

"धन्यवाद।"

"लेकिन रात्रि के इस पहर इतनी दूर आने की क्या जरूरत थी?" सुबह आ जाते।" वीरेन्द्र ने कहा।

"सुबह हो या शाम, दिन हो या रात, मेरे लिए सब बराबर हैं।' व्हिस्की पीओगे?"

नहीं?"

"किसका इलाज करा रहे हो?"

"होमियोपैथ।"

''वह भी कोई इलाज है?"

भाभी ने गिलास और पानी दिया। अजय ने आधा गिलास व्हिस्की से भरा और बाकी आधे में पानी डाला।

"कल किसी त्वचा के स्पेशलिस्ट को दिखाते हैं।"

"मैं तो गर्दन भी सीधी नहीं कर सकता।"

"सब ठीक हो जाएगा।"

"कैसा चल रहा है?"

"बिल्कुल ठीक।" अजय ने कहा और गिलास खाली कर दिया।

"बहुत भाग्यशाली हो।"

"तुम्हारी दुआ से। पैसे की आवश्यकता होगी।"

"हां। इसके लिए ही फोन किया था या कराया था। सारी कालोनी में केवल एक फोन है। वह भी माधा मील दूर?"

कितने पैसे चाहिए?"

"दो सौ दे दो।"

"रीता। तीन सौ रुपए भाभी को दे दो।".

रीता ने पर्स खोला। वह अपना महत्त्व अब खूब समझती थी। उसने तीन नोट बढ़ा दिए।

"इस सर्दी में कुर्ता, लुंगी और शाल?" वीरेन्द्र ने हंसकर कहा।

"सब चलता है।"

"अब तो रीता से शादी कर डालो।"

"केवल फेरे नहीं लिए, वरना सब जानते हैं कि हम क्या हैं।"

"अब तो यह बात पंजाब, हरियाणा, हिमाचल और जम्मू-कश्मीर के हर शहर में पहुंच गई है।" वीरेन्द्र ने कहा।

"कि अजय ने लड़की रखी हुई है?" अजय ने हंसकर कहा।

"हां"

"बातें करना दुनिया की आदत है।"

"अब वापिस कैसे जाओगे?"

"मैंने टैक्सी रोक रखी है।"

"अब जाओ। रात बहुत हो गई है। साढ़े दस बज गए हैं।" वीरेन्द्र ने कहा।

"यह खत्म कर रहा हूं।" कहकर अजय ने शेष व्हिस्की गिलास में डाली। पानी मिलाया और गिलास खाली कर दिया "अच्छा मैं कल दस बजे सवेरे आऊंगा और स्किन स्पैशलिस्ट के पास चलेंगे। यह होमियोपैथ इलाज मेरी समझ से दूर है।" कहकर अजय खड़ा हो गया। रीता भी खड़ी हो गई।

"खाना खाया है।" वीरेन्द्र ने पूछा।

"पौने नौ बजे तो सोकर उठाया।"

"और सोए कब थे?"

'साढ़े तीन बजे।"

"नावल कब समाप्त किया?"

"कल। या परसों। रीता कब खत्म किया था?"

"परसों।" रीता बोली।

'वीरेन्द्र मुस्करा दिया, "तुम सिद्धार्थ के पदचिन्हों पर चल रहे हो।"

"मैं स्वीकार करता हूं।" अजय ने मुस्करा कर कहा,

"अच्छा भाभी और किसी चीज की जरूरत हो तो बता दो। मैं सुबह लेता आऊंगा।"

"सब ठीक है अजय।"

"वीरेन्द्र ठीक हो जाएगा। चिन्ता की जरूरत नहीं।"

"तुम्हारी मेहरबानी है।"

"गलत। भगवान शिव की।" अजय ने कहा और रीता को लेकर बाहर आ गया।

वे टैक्सी में बैठ गए। टैक्सी चल पड़ी तो भाभी ने दरवाजा बन्द कर दिया।

"यह अजय ब्याह क्यों नहीं कर लेता?"

"तुम इसे दस वर्ष से जानती हो।"

"खैर। दौलत आई लेकिन दिमाग नहीं बदला।"

"वह कभी नहीं बदल सकता। और यही बात इसकी सफलता का रहस्य है। देखो फोन सुनते ही चला आया।

टैक्सी चल पड़ी थी।

"साहब कहां?"

"कनाटप्लेस।" अजय ने कहा।

"वहां क्या करना है?" रीता ने पूछा।

"क्या खाना नहीं खाना? तुमने शाम को चाय पी थी?"

"जी।"

"कुछ नशा हो गया है।"

"आपने क्वार्टर दो पैग में समाप्त कर डाला।"

"कुछ होना भी चाहिए।" कहकर अजय ने अपना बाजू रीता की कमर में डाल दिया और रीता ने अपना सिर उसके कंधे पर रख दिया।

छः

रेस्टोरेंट से खाना खाकर वह रात के सवा बारह बजे पर पहुंचे। खाना खाने से नशा हल्का हो गया था। रीता ने टैक्सी वाले को पैसे दिए और घण्टी का बटन दबाया।

कंवलसिंह गहरी नींद सो रहा था, इसलिए उसे जगाने में चार-पांच मिनट लग गए। उसने दरवाजा खोला और वह भीतर चले गए। कंवलसिंह अपने कमरे में चला गया।

"नशा तो बिल्कुल समाप्त हो गया है।"

"अब और न पीजिए।"

"क्यों। क्या तुम सम्हाल न सकोगी?"

"न पीएं तो बेहतर है।"

"चलो। तुम जीत गईं।" कहकर अजय बिस्तर में घुस गया और रीता भी आ गई।

"क्या साड़ी नहीं बदलोगी?"

"नहीं।"

"इतनी कीमती साड़ी पहन कर सोओगी?" रीता ने उत्तर न दिया। वह बिस्तर में घुस गईं।

आधे घण्टे बाद दोनों गहरी नींद में सो रहे थे।

सुबह रीता छः बजे उठी। वह बिस्तर से निकलकर बाथ-रूम में चली गई, फिर रसोईघर में।

अजय साढ़े आठ बजे जागा। रीता कुर्सी पर बैठी थी।

"रीता। कंठ सूख रहा है।"

"काफी लाऊं?"

"वह नहीं मिल सकती?"

"अब बस कीजिए। आप तीन दिन से दिन-रात पी रहे हैं। फिर आपको वीरेन्द्र को लेकर डाक्टर के पास जाना है।"

"ओह। वह तो मैं भूल ही गया था।" अच्छा में स्नान कर लूं। तुम नाश्ते की तैयारी करो।

जी।"

"अब तो यह साड़ी बदल डालो।"

"स्नान के बाद बदल लूंगी।"

अजय ने सिगरेट सुलगाई और बाथरूम में चला गया।

नाश्ते से निवृत्त होकर उसने गर्म सूट पहना।

"कब तक लौट आइएगा?"

"जैसे ही डाक्टर से छुट्टी मिल जाएगी।"

"अब पीना न शुरू कर देना।"

"नहीं। मैं वीरेन्द्र को उसके घर छोड़कर चला आऊंगा। आज दोपहर को खाने के बाद बिना शराब के सोना चाहता हूं।" अजय ने कहा, "थोड़े रुपये दे दो।"

"कितने ?"

"सो काफी होंगे।"

रीता ने सौ रुपए दिए। अजय चला गया। वह साढ़े ग्यारह बजे लौटा।

"क्या, कहा डाक्टर ने ?"

बड़ी कीमत्ती दवाइयां लिख दी हैं। मैंने खरीदकर दे दी हैं। कुछ दिन में ठीक हो जाएगा ?"

"क्यों खाना कब खाना है ?"

"यदि आपत्ति न हो तो एक बीयर दे दो।"

"आपत्ति तो नहीं। लेकिन वायदा कीजिए कि केवल एक बीयर पीएंगे।"

"बीयर तो मेरे लिए लस्सी का काम करती है।"

"तो लस्सी ही पी लीजिए।"

"नहीं लस्सी से बात नहीं बनेगी।"

रीता फिज से एक बोतल ले आई।

"आज क्या प्रोग्राम है ?"

"कोई खास नहीं। बाहर भी जाना नहीं चाहता। केवल दो-तीन घण्टे सोना चाहता हूं।"

"याद है आज घड़ी खरीदनी है।"

"कल खरीदेंगे।"

इतने में घण्टी की आवाज आई।

"मैं देखती हूं।" कहकर रीता चली गई। उसने दरवाजा खोला तो एक साइकल रिक्शा खड़ा था। और दरवाजे के साथ एक कुबड़ा खड़ा था, जिसकी कमर बिलकुल दुहरी थी।

"अजय साहब यहां रहते हैं ?"

"जी।"

"मैं उनका दर्शन करने आया हूं।"

"आइए। अन्दर आ जाइए।"

कुबड़ा भीतर आ गया। रीता ने उसे सोफे पर बैठने को

कहा, और स्वयं बेडरूम में चली गई।

"कौन है?"

"कोई आपका दर्शन करने आया है।"

"ओह!" कहकर अजय ड्राइंगरूम में चला गया। कुबड़े ने खड़े होने की चेष्टा की।

"आप बैठे रहिए।" कहकर अजय उसके सामने रखे सोफे पर बैठ गया, "आप कहां से आ रहे हैं?"

"जी, रामपुर से। मेरा नाम मुहम्मद असलम है। मैं आपका प्रशंसक हूं।"

"यहां कहां ठहरे हैं?"

"सुबह गाड़ी से उतरा। बाजार गया। वहा से एक किताबें बेचने वाले से आपका पता लिया। और दिल की बहुत बड़ी ख्वाहिश पूरी हो गई। शाम की गाड़ी से लौट जाऊंगा।"

मुहम्मद असलम की गरीबी चीख रही थी।

"आप क्या करते हैं?"

"क्या कर सकता हूं। मैं तो अपाहिज हूं। भाइयों की बजाजे की दुकान है, वहीं एक कोने में बैठा रहता हूं, और आपके नावल पढ़ता रहता हूं। आपका नावल 'दायरे' मैंने चौसठ बार पढ़ा है।"

रीता भीतर आई।

"रीता चाय और कुछ खाने को लाओ।"

"जी।" यह कहकर रीता लौट गई।

"आपने केवल इतनी-सी बात के लिए पैसे खराब किए और सफ़र की तकलीफ उठाई?"

"जी। मुझे कोई तकलीफ नहीं हुई।"

"सिगरेट का शौक है?"

"जी नहीं।"

"और मैं क्या कर सकता हूं।"

"मैं केवल एक सवाल करना चाहता हूं।"

"अवश्य।"

"आपके हर नावल में आखिर में हीरो मर क्यों जाता है?" असलम ने पुछा।

आजय मुस्करा दिया, "इसका उत्तर तो मेरे पास भी नहीं।"

"और हर औरत बेवफा है!"

"नहीं"

"फिर आप केवल बेवफा औरतों पर क्यों लिखते हैं?"

कंवलसिंह चाय और नाश्ते का सामान छोड़ गया। इसलिए अजय को जवाब देने की जरूरत न पड़ी।

"मुझे निगार बिल्कुल पसन्द नहीं। हालांकि उसके नावल बहुत बड़ी तादाद में बिकते हैं।"

"हर नावल लिखने वाले का अपना वर्ग है।"

"लेकिन मुझे वह पसन्द नहीं।"

"चाय ठंडी हो रही है।"

"आप!"

"मैं हर समय चाय नहीं पी सकता। भाप शुरू कीजिए।"

"क्या आप अपना एक फोटो दे सकेंगे? मैं दोस्तों को कहकर आया हूं कि आपको मिलने जा रहा हूं। वह कहते थे, इतना बड़ा उपन्यासकार तुम्हें मिल नहीं सकता।"

"मैं फोटो दे दूंगा।"

"फिर आधा घण्टा अजय के नावलों की बातें होती रहीं। अजय केवल सुनता रहा।

"अच्छा मैं आज्ञा चाहता हूं। मैंने आपका कीमती समय नष्ट किया है।"

"बिल्कुल नहीं। मैं फोटो देता हूं।" कहकर अजय ने आल्मारी से फोटो निकाला।

"इस पर कुछ लिख दीजिए।"

"रीता, मेरा पेन लाना।"

"जी"

पेन आ गया तो अजय ने कुछ लिखा और सही कर दिया।

"रीता!"

"जी"

"पचास रुपये देना।"

रीता पचास रुपये ले आई। अजय ने असलम की ओर बढ़ा दिए।

"यह क्यों?"

"रेल का किराया।"

"मेरे पास है।"

"फिर भी मेरा प्यार समझ कर रख लीजिए।"

"शुक्रिया! माफ कीजिए मैं हाथ मिलाना चाहता हूं, लेकिन डरता हूं।"

अजय ने हाथ मिलाया।

"आप कैसे जाएंगे?"

"बाहर साइकलरिक्शा खड़ा है।"

अजय ने कंवलसिंह को बुलाया।

"कंवलसिंह, इन्हें उठाकर रिक्शे में बिठा दे।"

"जी मैं चला जाऊंगा।" असलम की आंखों में आंसू आ गए।

कंवलसिंह ने उसे उठाया।

"अच्छा आदाब।" "

"खुदा हाफिज।"

"मैं अपनी खुशी न जाहिर कर सकता हूं न बयान कर सकता हूं।"

"इसकी जरूरत नहीं।"

कंवलसिंह उसे उठाकर बाहर ले गया और रिक्शा में बिठाकर लौट आया।

रीता आ गई।

"मेरा विचार है, लंच का समय हो गया है।"

"ओह हां। वह बीयर खत्म हो गई?"

'थोड़ी बाकी है।"

"खाना लगाओ। मैं बीयर खत्म कर लूंगा।"

खाने के बाद अजय बिस्तर में घूस गया। और दस मिनट बाद सो गया।

रीता ड्राइंगरूम में चली गई और नावल पढ़ने लगी।

अजय को अधिक देर नींद नहीं आई, वह केवल एक घण्टा सो सका। जागा तो उसने सिगरेट सुलगाना चाहा। लेकिन इरादा बदल दिया। वह थोड़ी देर छत को देखता रहा। उसके बाद वह अतीत में खो गया। और जीवन दस वर्ष पीछे लौट

गया। उसने आंखें मूंद लीं और अतीत को याद करने लगा।

चार मास तक वह जब कभी डिस्टैंपर या रोगन का काम मिलता तो करने चला जाता।

चार मास उपरान्त उसका उपन्यास छप गया। वह गुप्ता के दफ्तर में बैठा था और किताब उसके सामने पड़ी थी। उसे विश्वास न आ रहा था कि वह लेखक बन गया है।

"गुप्ता जी, बहुत बहुत धन्यवाद।" अजय को शब्द न मिल रहे थे।

"इसकी जरूरत नहीं। अब तो यह देखना है कि नावल की बिक्री कैसी होती है।"

"आपकी संस्था बहुत बड़ी है। और आपके पास बेहतरीन सेल्जमैन हैं। क्या आप किसी पत्रिका में विज्ञापन भी देंगे?"

"विज्ञापन के बिना तो सोना भी नहीं बिकता। विज्ञापन दे दिया गया है।"

"मैं यह पुस्तक ले जा सकता हूं।"

"यह ही नहीं। हम लेखक को दस प्रतियां देते हैं।"

"दस प्रतियां?"

"हां।"

"तो दे दीजिए।"

गुप्ता ने मैनेजर से कहा कि दस प्रतियों का पैकेट बना दे।

"आपको पहले क्या दिया था?"

"दो सौ रुपये।"

'अब कितने शेष हैं?"

"जी। तीन सौ रुपये।"

"चेक बना दूं?"

"आपकी मरजी है।"

"क्या अभी तक बैंक में खाता नहीं खोला?"

"जी खोल लिया है।"

"फिर चेक ही दे देता हूं।'

"आप बुरा न मानें तो अढ़ाई सौ का चेक बना दें और पच्चास रुपये नकद दे दें।"

गुप्ता ने ऐसा ही किया।

"नया नावल दूं?"

"अभी नहीं। अभी हम दो-तीन मास देखेंगे कि इसकी बिक्री कैसी है। मार्किट से रिपोर्ट आ जाए फिर देखेंगे।"

"जैसा आप उचित समझें।"

चेक नकद और पुस्तकों का पार्सल लेकर उसने नमस्ते की और दफ्तर से निकल आया।

खुशी के मारे उसके पांव धरती पर नहीं पड़ रहे थे। वह जल्दी से जल्दी घर पहुंचना चाहता था और वीरेन्द्र को नावल दिखाना चाहता था। अब वह साधारण आदमी न था। लेकिन लोगों ने कोई ध्यान न दिया।

आधा घण्टा प्रतीक्षा के बाद बस मिली। जब भी बस स्टाप पर रुकती वह मन ही मन कहता, यह बस इतनी धीरे क्यों चल रही है।

आखिर मंजिल आ गई। वह बस से उतरा। बस-स्टाप के पास ही हलवाई की दुकान थी, उसने आधा किलो मिठाई खरीदी।

वह घर में प्रविष्ट हुआ तो वीरेन्द्र नावल लिख रहा था।

"वीरेन्द्र।" वह खुशी से चिल्ला पड़ा।

"ओह तुम?"

'वीरेन्द्र। मेरा नावल छप गया है।"

"मुबारक हो।"

"यूं नहीं। यह मिठाई खाओ। भाभी आप भी खाओ।"

"क्या बात है खुशी सम्हाली नहीं जाती?"

"वीरेन्द्र। कुछ न पूछो, मैं बयान नहीं कर सकता। मैं लेखक हूं।"

वीरेन्द्र ने पत्नी से कहा कि चाय बनाए।

"भाभी। पहले मिठाई खा लीजिए।"

"अभी खाती हूं।"

"वीरेन्द्र, गुप्ताजी ने कहा है कि वह पत्रिका में भी विज्ञापन देंगे।"

"वह तो जरूरी है।"

"मैं पहली पुस्तक तुम्हें भेंट करना चाहता हूं। बताओ क्या लिखा जाता है?"

"बताता हूं।"

"वीरेन्द्र, शराब की बोतल कितने में आती है?"

"देसी या विलायती?"

"विलायती को क्या कहते हैं?"

"व्हिस्की, ब्रांडी, रम, जिन—क्या तुम शराब पीना चाहते हो?"

"नहीं। मैं सोच रहा हूं, आज शाम को एक कापी लेकर सिद्धार्थ साहब के यहां चलें। और एक बोतल शराब की।"

"मूर्ख न बनो। सिद्धार्थ महंगी शराब पीते हैं।"

"वह बोतल कितने की आती है?"

"अठाईस रुपये की। लेकिन यह हिमाकत न करना। सिद्धार्थ साहब कभी किसी से व्हिस्की नहीं लेते।"

"ओह।"

"बल्कि बिगड़ जाएंगे। हां एक पुस्तक भेंट कर सकते हो।" वीरेन्द्र ने कहा, "बाकी रुपये मिल गए?"

"हां। अढाई सौ का चेक और पचास नकद। क्यों न आज मैं, भाभी और तुम होटल में खाना खाएं।"

"अभी वह समय नहीं आया। अजय तुम बहुत तेज चलना चाहते हो?"

"नहीं। मैं अपनी खुशी बांटना चाहता हूं।"

"अगले नावल की बात हुई?"

"हुई थी। लेकिन गुप्ताजी ने कहा, वह दो-तीन महीने देखेंगे कि लोग नावल पसन्द करते हैं या नहीं।"

"वह तो सब बहाना है। गुप्ता मिट्टी भी बेच सकता है।"

"वीरेन्द्र क्या पढ़ने वाले पत्र भी लिखेंगे?"

"यदि लिखेंगे तो तुम्हें नहीं मिलेंगे।"

"क्यों?"

'खत गुप्ता की फर्म के द्वारा आएंगे और गुप्ता पत्रों को पढ़कर फाड़ देगा। वह लेखक को सदा दबाकर रखता है।"

भाभी चाय ले आई थी।

"भाभी। मिठाई के लिए प्लेट दो।"

"अभी लो।"

चाय और मिठाई का दौर शुरू हुआ।

"वीरेन्द्र , आज काफीहाउस चलें?"

"क्या फायदा। वहां कोई भी खुश न होगा। यह खुशी केवल इस घर तक सीमित रहेगी, अजय। अभी मंजिल बहुत दूर हैं।

"नहीं। अब दूर नहीं। मैं जानता हूं लोग नावल को पसंद करेंगे।"

"इतनी आशा लगानी अच्छी नहीं।"

"क्यों?"

"जिस प्रकार कुछ दर्द दिखाए नहीं जाते, उसी तरह कुछ खुशियां बताई नहीं जाती।" वीरेन्द्र ने कहा।

"लेकिन शाम को सिद्धार्थ साहब के यहां अवश्य चलेंगे। यदि शराब नहीं तो मिठाई ले चलेंगे।"

"उन्हें यह भी पसन्द नहीं।"

अजय बार-बार किताब उठाता। कोई पृष्ठ खोलता फिर रख देता। वीरेन्द्र मुस्करा रहा था।

समय था कि बीत न रहा था।

आखिर शाम उतर आई।

"सिद्धार्थ साहब के यहां चलें?"

"चलते हैं। लेकिन मेरा विचार नहीं कि भेंट हो सके। सबसे बेहतर समय प्रातः का होता है।"

"मैं सुबह की प्रतीक्षा नहीं कर सकता।"

"तो बस के पैसे खराब करो।"

"इसकी चिन्ता नहीं। शायद भाग्य हमारा साथ दे। वैसे क्या लिखूं?"

वीरेन्द्र ने बता दिया।

अजय ने उपन्यास की एक प्रति उठाई और वही लिख दिया जो वीरेन्द्र ने कहा था।

वह उपन्यास की प्रति लेकर सिद्धार्थ के यहां पहुंचे।

सिद्धार्थ घर पर ही था।

वह भीतर गए। अजय ने जाकर सिद्धार्थ के पांव को हाथ लगाया।

"यह क्या है?" सिद्धार्थ ने पूछा।

"आपकी कृपा से मेरा उपन्यास छप गया।"

"ओह। मेरा आशीर्वाद तुम्हारे साथ है। शर्माजी व्हिस्की चलेगी?" सिद्धार्थ ने पूछा।

"अवश्य।"

गिलास आ गया।

"क्या नाम बताया था आपने?"

"जी, अजय।"

"ओह हां।"

"क्या बात है। आज जल्दी शुरू कर दी?"

"शुरू तो कल शाम चार बजे की थी।"

"इसका मतलब है आप कल शाम से पी रहे हैं?" वीरेन्द्र ने कहा।

"नये उपन्यास का एक पात्र उलझ गया है।" सिद्धार्थ ने गिलास खाली किया।

"सिद्धार्थ साहब। मेरा विचार है इस देश में केवल आप हैं जो साहित्य पर जिन्दा है। वरना कोई नौकरी करता है। कोई रेडियो से सम्पर्क रखता है या फिल्म से।"

"ऐसा ही है।"

"आप तो एकमात्र हैं जो किसी ग्रुप या राजनैतिक पार्टी से सम्पर्क नहीं रखते।"

"इम सप्ताह का सण्डे स्टैंडर्ड पढ़ा था?" सिद्धार्थ ने प्रश्न किया।

"अखबार खरीदने के लिए पैसे किसके पास हैं?"

"मुझ पर एक बहुत अच्छा लेख छपा है। उसका शीर्षक है, 'वह लेखक जो स्वयं में एक संस्था है।"

"इसमें क्या संदेह है।"

"अजय साहब, आप व्हिस्की नहीं पीते? क्या सिगरेट भी नहीं पीते?"

"जी, बीड़ी पीता हूं।" अजय ने कहा।

'नहीं, यहां बीड़ी पीने की अनुमति नहीं। सिगरेट का पैकेट पड़ा है।"

अजय ने कांपते हाथों से सिगरेट निकालकर सुलगाई।

"सिगरेट की बात चली है तो मैं एक बात कहना चाहता हूं।" वीरेन्द्र ने कहा।

"जरूर।"

"आग अपने उपन्यासों में लिखते हैं कि हीरो या किसी अन्य पात्र ने सिगरेट सुलगाई। लेकिन सिगरेट का नाम नहीं लिखते। आप लिखते हैं कि हीरो और हीरोइन रेस्टोरेंट में गए लेकिन रेस्टोरेंट का नाम नहीं लिखते; हालांकि हर लेखक का हीरो कीमती सिगरेट पीता है। और बेहतरीन रेस्टोरेंट में जाता है।"

"मुझे सिगरेट बनाने वाले या रेस्टोरेंट के मालिक पब्लिसिटी के पैसे नहीं देते। फिर मैं इनकी पब्लिसिटी क्यों करूं?" सिद्धार्थ ने कहा।

"ओह।" वीरेन्द्र ने दीर्घ निःश्वास लिया, "बात बहुत गहरी है।"

वि.सी हद तक या आप नहीं जानते कि एक दैनिक समाचारपत्र की जिंदगी केवल दो घण्टे है। मार्किट में आता है और दो घण्टे में बिक जाता है। इसके बाद सारे दिन में पांच सात कापियां बिकती हैं। इसी तरह साप्ताहिक समाचारपत्र या पत्रिका का जीवन तीन दिन है। और एक मासिक पत्रिका का जीवन चार या पांच दिन का है। लेकिन उपन्यास का जीवन तो वर्षों का होता है। मैं मुफ्त में सिगरटों के ब्रांड और रेस्टोरेंट के नाम को साहित्य में पब्लिसिटी क्यों दूं?"

"सुना अजय?" वीरेन्द्र ने पूछा।

"सुन रहा हूं।" अजय ने कहा।

"इस वर्ष किस पहाड़ पर गए?"

"पिछले आठ वर्ष से शिमला ही जा रहा हूं। कश्मीर, मसूरी, नैनीताल केवल एक-एक बार गया हूं। शिमला में एक सर्कल बन गया है। अब तो दुकानदार भी परिचित हो गए हैं।'

फिर साहित्य पर बातें होने लगीं।

"सिद्धार्थ साहब। आपने तो जीवन उर्दू भाषा से आरम्भ किया था? वीरेन्द्र से पूछा।

"हां। कभी मेरे उपन्यास उर्दू में छपते थे। और बीस पच्चीस हजार की संख्या में छपते थे। और अब कोई पांच सौ का एडीशन भी छापने को तैयार नहीं। अच्छा भला अदीब था लेकिन अब लेखक बन गया हूं। और उर्दू भाषा में बहुत अच्छी शायरी और बहुत अच्छा साहित्य था। लेकिन खेद है कि अब सारे देश में उर्दू की दो-तीन फिल्मी पत्रिकाएं रह गई हैं। मैं कृपण-दृष्टि नहीं। मैं किसी भाषा को बुरा नहीं समझता, मैं तो चाहता हूं जो कुछ लिखता हूं वह देश की हर भाषा में प्रकाशित हो। बल्कि विदेशों में छपे। उर्दू शायरी में भी बहुत गहराई है। गालिब ने सौ वर्ष पहले एक शेर लिखा था। उसका एक मिसरा है:

'एक मरज नागहानी और है।'

आजकल इसे हार्टफेल कहते हैं। गालिब का एक छोटा-सा शेर सुनाता हूं।

"अवश्य।"

"मगस शहद की मक्खी को कहते हैं। शेर है:

'मगस को बाग में जाने न देना।
खून नाहक परवाने का होगा।'

शेर सुनाकर सिद्धार्थ चुप हो गया।

गिलास से एक घूंट लिया, "देखा कितना आसान शेर है? शहद की मक्खी को बाग में न जाने देना वरना परवाना मर जाएगा।"

"मेरी समझ से परे है।" वीरेन्द्र ने कहा।

"मैं जानता हूं। अब मैं शेर की व्याख्या करता हूं।"

"जी"

"शर्माजी, छोटी-सी बात है। शहद की मक्खी यदि बाग में गई तो फलों पर बैठेगी। और फूलों से शहद निकालेगी। फिर अपने छत्ते में चली जाएगी, और शहद का छत्ता बढ़ता जाएगा। एक दिन शहद निकालने वाला मक्खियों को उड़ा देगा। और छत्ते से शहद निकाल लेगा। शहद निकल जाने से शेष जो बचेगा,

वह मोम का काम देगा। कारीगर इस मोम से मोमबत्ती बनाएगा। मोमबत्ती जलेगी तो परवाना आएगा, और जलकर मर जाएगा।"

"वाह। वाह।" अजय के मुंह से निकल गया, "एक छोटे-से शेर में इतनी गहराई है!"

"मानव का विशाल हृदय होना चाहिए। संसार में हर भाषा के लेखक का अपना स्थान है। लेकिन राजनीतिज्ञ उर्दू भाषा को समाप्त करने पर पूरी ताकत लगा रहे हैं।"

वह दस बजे सिद्धार्थ के घर से निकले। आने से पहले अजय ने एक बार फिर सिद्धार्थ के पांव को हाथ लगाया।

"बरखुरदार। मेहनत करो। जीवन और सफलता का रहस्य मेहनत और लगन है।"

"बस। आपका आशीर्वाद चाहिए।"

"भगवान पर भरोसा रखो। और काम करते रहो। एक दिन फल भी मिलेगा।"

समय व्यतीत होता रहा। अजय को जब भी समय मिलता वह गुप्ताजी को मिलने चला जाता।

एक दिन उसने गुप्ताजी से पूछा, "मेरा उपन्यास कैसा बिक रहा है?"

तीन-चार सो कापियां बड़ी मुश्किल से बिक सकी हैं।"

"मोह!" अजय ने दीर्घ निःश्वास लिया।

इतने में पंजाब के एक शहर का दुकानदार आ गया और उसने गुप्ताजी को आर्डर दे दिया।

"वर्माजी, अजय की किताब के अलावा बाकी सब किताबें मिल जाएंगी।"

लेकिन पढ़ने वालों ने तो यह नावल बहुत पसन्द किया है। मेरे पास एक भी कापी नहीं। इसका द्वितीय संस्करण छाप रहे हैं?"

गुप्ता को जवाब न सूझ रहा था। उसने चपरासी को बुलाया और आर्डर दे दिया।

दुकानदार और गुप्ता बातें करते रहे। पार्सल तयार हुआ तो दुकानदार ने बिल चुकाया और पार्सल उठाकर चला गया।

"तुम अभी तक बैठे हो?" गुप्ता ने अजय से कहा।

"नया उपन्यास दूं?"

"न मालूम कागज की मिलों को क्या हो गया है? कागज हर रोज महगा होता जा रहा है।"

"अभी वह दुकानदार क्या कह रहा था?"

"वह तो कहते रहते हैं। अच्छा यदि उपन्यास तैयार हो तो दे दो। लेकिन मैं सर्वाधिकार के पांच सो ही दूंगा।"

"मुझे स्वीकार है। मैं कल ही पांडुलिपि ले आऊंगा।"

"ले आना।"

"अजय ने नमस्ते कही और दफ्तर से निकल आया। घर पहुंचकर उसने तमाम हालांत वीरेन्द्र को सुनाए।

"संस्करण समाप्त हो गया?" वीरेन्द्र ने कहा।

"हां "

"बहुत खुशी की बात है। यदि इसी तरह सफल होते रहे तो वह दिन दूर नहीं जब प्रकाशक तुम्हारे घर के चक्कर लगाया करेंगे।"

"वीरेन्द्र मैं जानता हूं कि इस छोटी-सी झुग्गी में हम सब नहीं रह सकते। अब मैं इस योग्य हो गया है कि एक झुग्गी किराए पर ले सकूं। फिर सदियों का मौसम आने वाला है हम तीन और एक बच्चा इस छोटे से कमरे में सो न सकेंगे। और मेरे पास लिहाफ भी नहीं। बाल गुप्ताजी पेशगी देंगे तो लिहाफ बनवाऊंगा। अमरीका और जापान से ऊनी स्वेटर और कोट आते हैं। एक कांट भी खरीदना पड़ेगा।" अजय ने कहा।

"मैं आज शाम दलाल को कह दूंगा। शायद कोई झुग्गी मिल जाए। लेकिन किराया पच्चीस रुपए मासिक होगा। और बड़ी बात नहीं कि बिजली भी न हो। मैंने बिजली अपनी जेब से लगवाई है।"

"मैं भी लगवा लूंगा?"

"हूं।"

"वीरेन्द्र, उपन्यास का संस्करण समाप्त हो गया लेकिन कोई प्रशंसा-भरा पत्र नहीं आया?"

"अवश्य आया होगा और वह गुप्ताजी की मेज के पास पड़ी रद्दी की टोकरी में पहुंच गया होगा।"

"ओह! " अजय ने गहरा श्वांस लिया।

सात

वह अतीत से वर्तमान में आ गया।

रीता भीतर आई।

"आप तो जाग रहे हैं?"

"हां?"

"मैं तीन बार झांक चुकी हूं। लेकिन आपकी आंखें बन्द थीं। मैं समझी आप सो रहे हैं।"

"मैं अतीत में खो गया था।"

"चाय या काफी लाऊं?"

"नहीं। व्हिस्की दो।"

"अभी केवल चार बजे हैं।"

"कुछ बातों के लिए समय की पाबन्दी नहीं होती।"

"मिसाल के तौर पर "

शराब और शबाब।"

रीता मुस्करा कर वार्डरोब की ओर बढ़ी। और उसने बोतल निकाली। और शाम शुरू हो गई।

दिन व्यतीत होते गए।

एक दिन अजय कनाटप्लेस से गुजर रहा था। बरामदे में उससे कुछ गज आगे रजनी जा रही थी। उसका हाथ किसी पुरुष के हाथ में था। उसकी चाल में वही मतवालापन था जो आज से दस वर्ष पहले था। वही बेफिक्री थी। वह पुरुष उसका पति न था। उसे देखकर अजय रुक गया। वह रजनी से टकराना न चाहता था। इसलिए विपरीत दिशा में चल पड़ा।

लगभग दस वर्ष पूर्व उसकी अन्तिम भेंट अजीब परिस्थिति में हुई थी।

"अजय तुम?"

"हां मैं?"

"तुम चौक क्यों गए?"

"ऐसी बात तो नहीं।"

मैं तुम्हारे घर गई थी। मांजी से मिली थी। उन्होंने बताया कि तुमने घर छोड़ दिया है। और वह यह भी न बता सकती थीं कि तुम कहां रह रहे हो?।

"हां। मैंने घर छोड़ दिया है।"

"आओ। किसी रेस्टोरेंट में बैठते हैं।"

"मेरे पास पैसे नहीं।"

"चिन्ता न करो।"

वे रेस्टोरेंट में चले गए। रेस्टोरेंट लगभग खाली था। वह एक कोने में बैठ गए।

बैरा आया तो रजनी ने काफी और सैडविचेज का आर्डर दिया।

"हां। अब सुनाओ, घर क्यों छोड़ दिया?"

"जिस वजह से कालेज छोड़ा था।"

"तो भाई से झगड़ा हो गया?"

"हां।"

"पर तुमने जायदाद का आधा हिस्सा मांग लिया होता।"

"मैं झगड़ा नहीं कर सकता।"

"मांजी कह रही थी कि तुमने नौकरी करने से इनकार कर दिया है।"

"नौकरी है कहां। देश में नई-नई युनिवर्सिटियां खुल रही हैं। हर वर्ष हजारों लड़के बी॰ ए॰, बी. काम॰, बी॰ एस॰ सी॰ पास करते हैं। और इसके बाद नौकरी के लिए धक्के खाते हैं। यह समाज केवल अमीरों या गरीबों का है। हम जैसे मध्यम वर्ग के लिए नहीं। नौकरी के लिए सिफारिश की जरूरत है।"

"तुमने कोशिश की?"

एम॰ ए॰, पी-एच॰ डी॰. इंजीनियर, डाक्टर बेकार हैं। मुझे कौन नौकरी देगा? मैं तो बी॰ ए॰ भी नहीं हूं।"

"लेकिन मैं नौकरी कर रही हूं।" हम दोनों मिलकर

कमाएंगे।"

"लड़कियों को आसानी से नौकरी मिल जाती है, लड़कों को नहीं।"

"तुमने कोशिश भी नहीं की। तुम्हारे दिमाग में तो उपन्यासकार बनने का भूत सवार है। और कोई प्रकाशक तुम्हारे उपन्यास छापने को तैयार नहीं।"

"यह सच है।"

"फिर हम निर्वाह कैसे करेंगे?"

"रजनी, मैं तुम्हारा बोझ नहीं उठा सकता, पर तुम्हें प्यार करता हूं।"

"हम एक दूसरे को पांच वर्षों से प्रेमकर रहे हैं। पर प्रेम से भूख नहीं मिट सकती, मकान का किराया नहीं दिया जा सकता, बच्चे नहीं पाले जा सकते।"

"तुम ठीक कहती हो।"

"अब कहां रह रहे हो?"

"जे॰ जे॰ कालोनी में।"

"क्या?"

"हां।"

"जे॰ जे॰ कालोनी यानी झुग्गी झोपड़ी कालोनी। वह तो शहर में गिनी नहीं जाती।"

"मैं जो कमाता हूं उस आय से केवल झुग्गी-झोंपड़ी में रह सकता हूं।"

"यानी उन गंदीबस्तियों में?"

"वहां हजारों नहीं लाखों इंसान बसते हैं।"

"करते क्या हो?"

"मजदूरी और जब समय मिलता है तो नावल लिखता हूं।"

"जो छपते नहीं।"

"तुम ठीक कहती हो।"

"पर काम क्या करते हो?"

"तुम जानकर खुश होगी?"

"बताओ तो सही।"

"मैं डिस्टेंपर और रंग-रोगन और पालिश करता हूं।"

"ओह भगवान! क्या मिलता है?"

"पांच रुपए रोज।"

"यानी डेढ़ सौ रुपए मासिक।"

"नहीं। हर रोज काम नहीं मिलता। मेरा उस्ताद है वह दस रुपए रोज कमाता है।"

"तुम मजाक कर रहे हो?"

"नहीं। कहो तो इस दिवाली पर तुम्हारे मकान में डिस्टेंपर कर दूं?"

"अजय, तुम्हारा दिमाग फिर गया है।"

"मेहनती और ईमानदार आदमी को इससे अधिक नहीं मिल सकता।"

"मैं साढ़े चार सौ रुपए मासिक कमा रही हूं।"

"तुम भाग्यशालिनी हो?'

"तुम भी टाइप सीख लो। मैं जिस फर्म में काम करती हूं वहां नौकरी दिलवा दूंगी।"

"नहीं। मैं कलर्की नहीं कर सकता।"

"डिस्टेंपर कर सकते हो?"

"हां।"

"अजय। जमाना और यह समाज तुम्हें कुचल डालेगा।"

"क्या पैसा ही संसार में सब कुछ है? शराब, चरस और अफीम बेचने वाले कारों के मालिक हैं। मुझे ऐसी कार नहीं चाहिए।"

"इसका मतलब है हमारी शादी नहीं हो सकेगी?"

"मेरे पास केवल अढ़ाई सौ रुपए हैं, और अढ़ाई सौ रुपए में शादी नहीं हो सकती।"

"अजय, तुम मेरा दिल तोड़ रहे हो। मेरे प्रेम का मजाक उड़ा रहे हो।"

"नहीं। रजनी मैं किसी का दिल नहीं तोड़ सकता। मैं तो किसी को गाली भी नहीं दे सकता।"

"इस तरह तो बात न बनेगी।"

"तुमने स्वयं ही तो कहा है कि पैसे के बिना जीवन नहीं

बिताया जा सकता।"

"तुम हठ क्यों नहीं छोड़ देते?"

"मैं विवश हैं।"

काफी ठंडी हो गई थी"

"लो, अब ठंडी काफी पिओ।"

अजय चुप रहा।

"हमारे प्रेम का क्या होगा?"

"वह अपनी मौत मर जाएगा। हर प्रेम विवाह का रूप नहीं धारण कर सकता। रजनी, तुम मुझे भूल जाओ। मेरे जीवन में ठोकरों के अतिरिक्त कुछ नहीं। मैं तुम्हें कांटों में नहीं खींच सकता।"

"लेकिन तुम नौकरी क्यों नहीं कर लेते?"

"है कहां?" .

"मैंने कहा ना टाइप करना सीख लो।"

"मैं नहीं सीख सकता।"

"हमारे बच्चे झुग्गी-झोंपड़ी कालोनी में रहेंगे?"

"रजनी, तुम बहुत दूर की सोच रही हो।" बच्चे तो क्या मैं तुम्हें भी वहां नहीं रख सकता।"

रजनी चुप हो गई। वह ठंही काफी पीने लगी। अचानक उसकी आंखों में आंसू उमड़ आए।

"रजनी! यह आंसू बहुत कीमती हैं, इन्हें इस तरह नष्ट न करो।"

"तुम बदल नहीं सकते?"

"मैं एक दिन सफल लेखक बनूंगा।"

"और तुम चाहते हो कि मैं उस दिन की प्रतीक्षा करूं?"

"नहीं।"

"फिर तुमने मुझसे प्रेम क्यों किया?"

"मैंने कभी धोखा या छल नहीं किया। परिस्थिति तुम्हारे सामने है।"

"मैं तुम्हारे जीवन से चली गई तो तुम क्या अनुभव करोगे?"

"तुम्हें याद किया करूंगा।"

"इससे क्या प्राप्त होगा?"

"दुख और दर्द।"

"वह तुम्हें पसन्द है।"

"विवशता है।"

"अजय मैं दो वर्ष तक प्रतीक्षा कर सकती हूं।"

"दो वर्ष में कोई परिवर्तन न होगा।"

"फिर?"

"कोई अच्छा-सा लड़का देखकर व्याह कर डालो।"

"यह तुम कह रहे हो?"

"मेरा प्यार। वह तुम्हें खुश देखना चाहता है।"

"और तुम?"

"मेरी बात और है।"

"इसका मतलब अब हम कभी न मिल सकेंगे?"

"मैं नौकरी कर नहीं सकता और तुम झुग्गी में रह नहीं सकती?"

"अजय, तुम स्वयं ही सोचो क्या मैं जे० जे० कालोनी में रह सकती हूं?"

"मैं समझता हूं। लेकिन मैं रह सकता हूं, क्योंकि मुझे स्वयं पर विश्वास है। और मैं जानता हूं कि मैं तमाम जीवन झुग्गी में नहीं रहूंगा।"

"भगवान करे कि ऐसा ही हो।"

"धन्यवाद।"

"यह तुम्हारा अन्तिम फैसला है?"

"हां।"

"अजय,फिर मैं विवश हूं।"

"किस बात पर?"

"अब क्या कहूं?"

"रजनी, प्यार चांदी की दीवार में चिनवाया जा सकता है। और यह नई बात नहीं।"

"खैर। मुझे अपना पता तो दे दो।"

"क्या करोगी?"

"शायद कभी आवश्यकता पड़ जाए।"

"रहने दो रजनी। स्वयं को फरेब न दो। और न ही मैं तुम्हें फरेब देना चाहता हूं। मेरा प्रेम फरेब, धोखा या जालसाजी नहीं। मैं तुम्हें खुश देखना चाहता हूं। भगवान तुम्हें वह सब कुछ दे जिसके तुम स्वप्न लेती हो।"

"इसका मतलब है अब हम कभी न मिलेंगे?"

"शायद। यदि कभी मिले भी तो हमारे सिरों के बाल सफेद हो चुके हों। आओ अब चलें। तुम्हें शायद दफ्तर जाना होगा।"

रजनी ने बैरे को बुलाया और बिल लाने के लिए कहा।

फिर कोई बात न हुई। बिल आया चुकाया गया और वह रेस्टोरेंट से बाहर निकल आए।

"तुम्हें किधर जाना है?" अजय ने पूछा। "

"इस ओर।"

"और मुझे उस ओर जाना है" अजय के विपरीत दिशा की ओर संकेत किया, "अच्छा खुश रहो।"

"कोशिश करूंगी।"

वह अपने-अपने रास्ते चल दिए।

लेकिन यह दस वर्ष पुरानी बात थी।

अजय चलते-चलते रुक गया। उसने आस-पास का निरीक्षण किया। वह कनाटप्लेस में था। जहां वह रुका था, वहीं शराब की दुकान थी।

वह दुकान के भीतर चला गया।

"एक बोतल ''व्हिस्की।"

"साहब आप? सेल्जमैन ने कहा, "आज आप फिर यहीं पीएंगे?"

"नहीं बोतल लेकर चला जाऊंगा।"

अजय ने सौ का नोट दिया—बोतल और शेष पैसे लिए। और स्कूटर पकड़कर बच्चन के दफ्तर रवाना हो गया।

बच्चन अपने केबिन में था। सेक्रेटरी उसे देखकर मुस्कराई।

"मैं भीतर जा सकता हूं?"

"अवश्य।"

"तुम बहुत प्यारी हो?" कहकर वह भीतर चला गया।

"आओ उपन्यासकार!"

"आ गया।" कहकर उसने बोतल मेज पर रख दी।

"क्या आज फिर जनून सवार है?"

"नहीं। आज एक मिसरा याद आ गया।"

"हो जाए।"

"जब मिला प्यार, तो हम प्यार के काबिल न रहे।"

"बहुत खूब।"

"गिलास मंगाओ। कंठ सूख रहा है।"

बच्चन मुस्करा दिया। उसने घंटी का बटन दबाया। चपरासी भीतर आया।

"एक गिलास और पानी।" बच्चन ने कहा।

"एक गिलास क्यों?" अजय ने पूछा।

"अभी केवल साढ़े तीन बजे हैं। तुम शुरु करो। मैं पांच बजे शुरू करूंगा।"

"बेहतर।"

चपरासी चला गया।

"नावल कैसे चल रहे हैं?"

"चल नहीं रहे हैं बल्कि भाग रहे हैं?"

"खुशी की बात है।"

गिलास और पानी आ गया। अजय ने बोतल खोली। आधा गिलास व्हिस्की से भरा और थोड़ा-सा पानी डाला।

"चीयर्स।"

"चीयर्स।"

अजय ने एक ही बार में गिलास खाली कर दिया और दूसरा गिलास बनाया।

"इस चाल से पीने लगे तो यह बोतल अकेले ही पांच बजे तक खाली कर दोगे।"

"कोई बात नहीं। दूसरी मंगालेंगे।"

"अजय। तुम शराब बहुत पीने लगे हो।"

"शुक्र है कि अभी मैं शराब पी रहा हूं। शराब ने मुझे पीना नहीं शुरू किया।"

"तुमने मेरे दिल की बात कही है।"

"मैं ध्यान रखूंगा।" कहकर उसने गिलास खाली कर दिया।

"तुम पटियाला पैग से कम नहीं पी सकते।"

"किसी ने पैग का नाम नाभा नहीं रखा वरना वह पीता।"

नाभा पैग भी होता है?"

"नहीं होता तो मैं चालू कर दूगा।"

बच्चन हंस पड़ा।

"बच्चन।"

"हूं।"

"यह एयरकंडीशनर कितने का आता है?"

"वैसे तो तीन हजार का है। लेकिन एक दूतावास अपने देश के बने कंडीशनर दो मास इस्तेमाल करके बेच देता है। वह अच्छे भी हैं और सस्ते भी।"

"एक मुझे भी ले देना।"

"मैं ध्यान रखूगा। इस वर्ष शिमला नहीं गए।"

"गया था। लेकिन नावल नहीं लिख सका इसलिए छः दिन बाद लौट आया।"

बातें होती रहीं और पांच बज गए।

"लो। अब मैं भी शुरू करता हूं।"

"अरे इसमें तो केवल एक पाव बची है। क्या मैं तीन पाव पी गया है?"

"कोई बात नहीं। मैं मंगा लेता हूं।" बच्चन ने चपरासी को गिलास लाने को कहा। गिलास आ गया तो बच्चन ने पैसे दिए और एक बोतल लाने को कहा।

चपरासी चला गया।

बच्चन ने अपने गिलास में पैग डाला, "ऐसा दिखाई पड़ता है कि कोई घाव ताजा हो गया है।"

जब तक यह बोतल खाली हुई चपरासी दूसरी बोतल ले आया था।

"कुछ खाओगे?" बच्चन ने पूछा।

"नहीं।"

"मैं तो खाऊंगा।" उसने चपरासी को एक प्लेट मुर्ग मसाला लाने को कहा।

"तुमने शराब के साथ या उसके बाद में कुछ खाना बंद कर दिया है और यह ठीक नहीं।"

"फिर कभी सोचूंगा।"

"मैं लिपस्टिक पर एक पब्लिसिटी फिल्म बना रहा हूं।"

"तो बना डालो।"

"मैंने सोचा है···"

बच्चन ने जो सोचा था वह बेजान था। अजय मूड में था और उसने बताया कि इस तरह कहानी बनाओ।

"कैसे?"

"एक लड़की और एक लड़का एक दूसरे से प्रेम करते हैं। एक दिन लड़का पत्र लिखता है कि मुझे अपनी फोटो दो। लड़की उत्तर में होंठों पर लिपस्टिक लगाकर कागज पर नक्श उतार देती है और कहती है यह मेरी तस्वीर है।"

"बहुत खूब।"

दौर चलता रहा।

बच्चन सतर्क था और अजय व्हिस्की पानी की भांति पी रहा था।

"आज कनाटप्लेस का चक्कर लगाना है?"

"नहीं।"

"क्यों ?"

"मेरा विचार है मैं बहुत पी गया हूं।"

"अभी तो आधी बोतल बाकी है।"

"नहीं।"

रात के सवा दस बजे दूसरी बोतल भी खाली हो गई।

"अब?" बच्चन ने पूछा।

"अब घर चलते हैं। मुझे नींद आ रही है।"

"इसीलिए कह रहा था कि धीरे-धीरे पियो।"

"बच्चन, मेरे घर का नम्बर क्या है?"

"वही जो पहले था।"

"नहीं, टेलीफोन का।"

"क्या टेलीफोन लग गया है?"

"वह तो पुरानी बात है। अच्छा इन्क्वायरी से पूछते हैं।" अजय ने कहा, "पूछताछ का क्या नम्बर है?"

बच्चन ने बता दिया।

अजय झूम रहा था। उसने पूछताछ का नम्बर मिलाया।

"पूछताछ।" नम्बर मिलने पर उधर से एक नारी स्वर सुनाई दिया।

"गुडईवनिंग मिस। वह मेरे घर का नम्बर क्या है?" अजय ने कहा।

आपरेटर हंस पड़ी।

"आपको अपना नाम याद है?"

"वह तो याद है।"

"ज़रा बताइए।"

"अजय रजी।"

"अजय रजी। क्या आप वही मशहूर उपन्यासकार हैं?"

"जी हां।"

"आजकल कौन-सा नावल लिख रहे हैं?"

"कोई नहीं।"

"तो आपके घर का नम्बर बताऊं?"

"जी।"

एक मिनट के बाद आवाज आई। आपरेटर ने नम्बर बता दिया।

"धीरे। मैं लिख लूं।"

"बच्चन ने कागज-पेन्सिल बढ़ा दिया। अजय ने नम्बर लिख लिया और फोन बन्द हो गया।

उसने घर का नम्बर घुमाया। पहली घंटी पर ही फोन रीता ने उठा लिया।

"कौन रीता?"

"जी।"

"मैं आ रहा हूं। तुमने खाना खा लिया?"

"आप कहां से बोल रहे हैं?"

"बच्चन मेरे साथ है।"

"आपने कितनी पी है? आपसे तो बात ही नहीं हो रही है।"

"मैं ठीक हूं। बस आ रहा हूं।" कहकर उसने फोन बन्द कर दिया।

"चलें?"

"हां।"

"क्या कार तक चल सकोगे?"

"मैं उड़ सकता हूं।"

वह उठे लेकिन अजय के कदम लड़खड़ा रहे थे। बच्चन ने उसे सहारा दिया। दफ्तर को ताला लगाया और उसे सहारा देकर कार तक ले गया।

वह बैठ गए और कार स्टार्ट हो गई।

"तबीयत कैसी है?"

"नींद आ रही है।" "

सोना नहीं। लेकिन आज हुआ क्या था?"

"कुछ नहीं। लेकिन बच्चन क्या दुनियां में ऐसी कब्र भी है जहां अतीत को दफन किया जाए।"

"हुआ क्या?"

"कुछ नहीं"

कार दौड़ रही थी। और अजय ने सिर सीट के पीछे लगा रखा था।

"बच्चन। यह घर कब आएगा?" "

बस आने वाला है।" '

क्यों न हम कार खड़ी कर दें और सो जाएं?"

"नहीं अजय। हम घर पहुंचने वाले हैं।" फिर बच्चन बातें करता रहा। और अजय बड़ी मुश्किल से जागने की कोशिश कर रहा था।

इलाका नया था। छोटी-छोटी कोठियां थीं। बच्चन ने

कार रोकी। रीता गेट के पास खड़ी थी।

बच्चन नीचे उतरा। रीता करीब आ गई।

"कंवलसिंह को बुलाओ।"

कंवलसिंह सामने ही दरवाजे में खड़ा था। फौरन आ गया।

"कंबलसिंह इन्हें सहारा देकर ले जाओ।"

कंवलसिह उसे उठाकर ले गया।

"भाभी।"

"भाभी?" रीता चौंकी।

"हां। दुनियां कुछ भी कहे, अजय मेरा मित्र है और मैं आपको भाभी ही कहूंगा।" ,

"कितनी पी है?"

"काफी।"

"फिर भी?"

"लगभग डेढ़ बोतल।"

"डेढ़ बोतल! क्या डाक्टर को बुलाना पड़ेगा?"

"नहीं। शराब का नशा कम करने का केवल एक ही तरीका है।

"क्या?"

इसके शरीर पर लिहाफ या कम्बल ओढ़ा दो और···।"

"इस गर्मी में।"

"हां। और माथे पर ठंडे पानी की पट्टियां रखो। दस पन्द्र मिनट में गहरी नींद सो जाएगा।"

"हुआ क्या था?"

"वह तो कुछ बताता नहीं। आज तक किसी को अपने दुख में भागीदार नहीं बनाया।"

"ओह भगवान!"

"अच्छा, मैं चलता हूं।"

"धन्यवाद।"

इसकी बावश्यकता नहीं। वैसे घबराने की बात नहीं। बर्फ है ना।"

"जी हां। फ्रिज में है।"

"शायद कै भी करे। लेकिन खाली पेट है, पानी के सिवा कुछ न निकलेगा।" कहकर बच्चन कार में बैठ गया और स्टार्ट करके चला गया।

रीता ने दरवाजा बन्द किया और ड्राइंगरूम की बत्ती बन्द की। वह बेडरूम में गई। कंवलसिंह ने उसे पलंग पर डाल दिया था।

"कंवलसिंह, जाकर फ्रिज से बर्फ, पानी और डोंगा लाओ।"

"जी" कहकर वह चला गया।

अजय बेसुध था। कंवलसिंह आ गया। रीता ने कंबल उढ़ा दिया था। पानी ठंडा किया और रूमाल भिगाकर अजय के माथे पर रखा।

"कंवलसिंह, तुम जाओ।"

"इस दशा में छोड़कर?"

"मैं सम्हाल लूंगी। यदि तुम्हारी जरूरत पड़ी तो बुला लूंगी।"

"जी।" कहकर कंवलसिंह चला गया। रीता पट्टियां बदल रही थी। अचानक अजय उठा और उसने उल्टी कर दी। पानी के सिवा कुछ न था। अलकोहल तो शरीर में जाते ही रक्त में मिल जाता है।

पन्द्रह मिनट बाद वह खर्राटे ले रहा था। रीता आधा घण्टे तक पट्टियां बदलती रही। और रोती रही।

जब वह खर्राटे लेने लगा तो उसने पट्टियां बन्द कर दी और उसे देखती रही। कभी सीने पर हाथ रखती, फिर पांव मलने लगती।

दो बजे के करीब वह भी खाली पेट सो गई।

आठ

प्रातः साढ़े दस बजे अजय की आंख खुली। रीता नहा-धो कर नाश्ता करके बैठी थी।

"तबीयत कैसी है?"

"मेरा सिर फट रहा है।"

"ऐसपरीन दूं?"

"नहीं व्हिस्की दो।"

"वह नहीं है।"

"क्यों नहीं है?" अजय चिल्ला पड़ा।

"रात आपने अधिक पी ली। खाया भी कुछ नहीं। मुंह हाथ धोकर कुछ खा लीजिए। मैंने सूप तैयार किया है।"

"मुझे व्हिस्की चाहिए।"

रीता चुपचाप उठी और वार्डरोब से बोतल निकाल लाई।

अजय ने गिलास बनाया और मुंह को लगाकर खत्म कर दिया। फिर सिगरेट सुलगाई लेकिन दो कश लेकर बुझा दी। दूसरा गिलास बनाया और वह भी खाली कर दिया।

पन्द्रह मिनट वह सिर को हाथों में लिए बैठा रहा।

"अब ठीक है। अब मैं स्नान करना चाहता हूं।"

"फिर नाश्ता करेंगे?"

"दलिया नहीं खाऊंगा।"

"मैंने सूप बनाया है।"

"हां। वह पी लूंगा। अभी कुछ खा नहीं सकता।"

"अच्छा आप स्नान कर लें।"

शावर के पानी ने नशे को ठीक किया।

दो पैग ने शरीर में स्फूर्ति दे दी थी। स्नान से निवृत होकर वह तौलिया लपेट कर आ गया। रीता ने पलंग पर कुर्ता और लंगी रख दी थी। अजय ने इन्हें पहना।

"सूप!"

"हां। अब दे दो। अब ठीक हूं।"

रीता ने सूप आगे कर दिया। अजय सूप पीने लगा। सूप खत्म कर दिया तो पेट की आग बुझ गई। उसने सिगरेट सुलगाई। अब सिगरेट का मजा आ रहा था। सिर भी व्हिस्की के दो पैग, स्नान और सूप से ठीक हो गया था।

"कुछ खाइएगा?"

"अभी नहीं। शायद थोड़ी देर के लिए और सो जाऊं।"

"कुछ खा लीजिए।"

"खा नहीं सकूंगा। एक घण्टे में ठीक हो जाऊंगा।" अजय

ने कहा, "यह कम्बल कहां से आया।"

"ऐसे ही। मैं उठा देती हूं।" कहकर रीता ने कम्बल उठा दिया। छत का पंखा पूरी तेजी से चल रहा था। वह लेट गया और उसने आंखें मूंदलीं, रीता ने जलती सिगरेट उसके हाथ से ले ली। अजय ने आंखें न खोली।

नशा लौट आया था।

वह डेढ़ बजे तक सोता रहा। और रीता उसकी निगरानी करती रही।

"अब तबीयत कैसी है।"

"ठीक हूं। ठंडी बीयर है।"

"मैं लाती हूं।"

रीता बीवर लाई। उसे खोला और गिलास भर दिया। अजय ने दो घूंट भरे और गिलास रख दिया।

"कुछ खाइएगा?"

"यह बीयर खत्म कर लूं। फिर बिलकुल ठीक हो जाऊंगा। रात मैं कब आया था?"

"ग्यारह बजे।"

"यह मुझे क्या हो जाता है। आखिर में उसे भूल क्यो नहीं जाता।" अजय की आवाज में दर्द था।

"आह उसे भूलना चाहते हैं जिसके प्यार और जिसकी याद ने आपको एक सफल उपन्यासकार बनाया?"

अजय चुप रहा। रीता भी चुप हो गई।

बीयर ने पेट की आग ठंडी कर दी। "

अब खाना लगाऊं?"

"अधिक नहीं खा सकूंगा।"

"जितना खाना है खा लीजिए।"

वह केवल एक रोटी खा सका। और उठने लगा।

"दही खा लीजिए।"

"दही?"

"हां।"

अजय दही खाने लगा। दही समाप्त करके वह उठा और बेडरूम में चला गया। रीता भी अधिक न खा सकी।

"अब तबीयत कैसी है ?"

"ठीक हूं। रात कैसे आया था ?"

"बच्चन भैया छोड़ गए थे।"

"मैं तुम्हें परेशान करता हूं ?"

"नहीं। रीता उसके सिर के बालों में उंगलियां कंघी फेरने लगी। अजय को आराम मिल रहा था।

"न मालूम मुझे क्या हो जाता है।" कहकर उसने अपना सिर उसके सीने पर रख दिया। रीता सिर दबाने लगी।

"अब सोना है ?" कुछ देर बाद रीता ने पूछा।

"नहीं।" एकान्त चाहता हूं।".

रीता उठकर चली गई।

अजय अतीत में खो गया।

पहले वर्ष तीन उपन्यास छपे थे और उनके उसने सर्वाधिकार बेचे थे। फिर प्रकाशक उसको बुलाने लगे। और वह रायलटी पर नावल देने लगा।

अब आय अच्छी हो गई थी।

उसने जे॰ जे॰ कालोनी छोड़ दी। और निम्न मध्यम वर्ग के इलाके में दो कमरे, एक बरामदा, रसोईघर, स्नानघर और शौचालय सौ रुपये मासिक किराए पर ले लिया।

दिन सप्ताह बने, सप्ताह महीने बने। और मास वर्ष बन गए। उसके उपन्यासों पर आलोचनाएं होने लगीं। प्रकाशकों के पत्र आने लगे। लोग फोटोग्राफ मांगने लगे। किसी साहित्यिक महफिल में जाता या प्रकाशकों के दफ्तर में होता तो लोग आटोग्राफ के लिए आ जाते। कुछ लोग घर भी मिलने चले आते।

उसके सर्कल में अब अच्छे और पैसे वाले लोग भी आ गए।

इस इलाके में डी॰ डी॰ ए॰ की ओर से उसे एक सौ दस गज का प्लाट चालीस रुपये गज के हिसाब से मिल गया। उसने मकान का नक्शा पास कराया और सागर की मदद से निर्माण शुरू हो गया। मकान पच्चीस हजार में बना। इसके लिए उसे सागर से दस हजार रुपया कर्ज लेना पड़ा। लेकिन मकान बन गया। उसने दो हजार का फर्नीचर खरीदा। रिकार्डप्लेयर

खरीदा। उसे कंवलसिंह मिल गया और उसकी आर्थिक स्थिति काफी सुधर गई। लेकिन इस अरसे में उसने एक दिन वीरेन्द्र से कहा, "वीरेन्द्र मैं शराब पीना चाहता हूं।"

"मेरा विचार था यह नेक काम तुम पांच वर्ष पहले शुरू कर सकते थे।"

"नहीं। मैं पहले मकान बनाना चाहता था।"

वह तो बन गया है।"

मुझे खेद है कि तुम अब भी जे॰ जे॰ कालोनी में रह रहे हो?"

मैं भी बेहतर इलाके में आ रहा हूं।"

"पाकेट बुक्स के दौर ने लेखकों की हालत बेहतर कर दी है।" अजय ने कहा

"यह सच है।"

"लेकिन मेरा विचार है जिस तेजी से प्रकाशक पैदा हुए हैं, उसी तेजी से बंद भी हो जाएंगे। इसलिए पैसा जायदाद पर लगाना चाहता था सो लगा दिया।" बात शराब की हो रही थी।

"पीने के लिए बहुत कुछ है। बीयर, ब्राण्डी, व्हिस्की, रम जिन लेकिन शैरी और शेम्पेन तुम पी नहीं सकते।"

"क्या बहुत मंहगी होती है?"

"फ्रान्स से आती है।"

"कोई बात नहीं। कहां से शुरू करू?"

"बीयर से।"

"तो हो जाए।"

वह चार बोतल बीयर लाए।

अजय ने जीवन में पहली बार बीयर का घूंट लिया। उसका जायका कसैला हो गया।

"अजीब जायका है?"

"धीरे-धीरे आदत पड़ जाएगी। और फिर छोड़ने पर भी न छूटेगी।"

"उस शाम उसने एक बोतल और वीरेन्द्र ने शेष तीन बोतलें खत्म कर दी। बीयर ने भूख चमका दी।

"क्या अनुभव हो रहा है?" वीरेन्द्र ने मुस्कराकर कहा।

"मैं उड़ रहा हूं और भूख से बुरा हाल है।"

उन्होंने मामूली में रेस्टोरेंट से खाना खाया। वह बहुत अधिक खा गया। जिसको उसने दस मिनट बाद सड़क पर उलट दिया। .

"यह क्या हुआ ?"

"ऐसा ही होता है। अभी अनाड़ी हो। पहला दिन है। और अधिक नहीं खाना चाहिए था।"

दो मास वह हर रोज एक बीयर पीता रहा। इसके बाद उसने व्हिस्की शुरू कर दी।

एक वर्ष मे पक्का शराबी बन गया था। लेकिन हर रोज नहीं पीता था।

इसके एक वर्ष बाद वह आधी बोतल व्हिस्की हजम करने लगा। फिर वह व्हिस्की में डूबने लगा।

इन्हीं दिनों उसे रीता का पहला पत्र मिला, वह करनाल में रहती थी।

तीन मास में रीता के चार पत्र आए। उसके पत्र बहुत दुःख भरे होते थे।

वह अब नये बंगले में रह रहा था। शाम को कोई न कोई मिलने आ जाता। इन्हीं दिनों में उसका परिचय बच्चन से हो गया। उन्होंने अकसर शामें इकट्‌ठी बितानी शुरू कर दीं। फिर व्हिस्की पीकर वह कार में निकलते और कनाटप्लेस से किसी कालगर्ल को लेकर बच्चन के दफ्तर आ जाते।

लगभग डेढ़ वर्ष हुआ, वह सो रहा था कि उसको कंवल-सिंह ने जगाया।

रात का नशा बाकी था।

"साहब ! कोई लड़की मिलने आई है।"

"लड़की ? क्या बजा है ?"

"आठ।"

उसने लिहाफ उत्तारा और शाल ओढ़ लिया।

"चाय ले आओ।"

"जी।" कहकर कंवलसिंह चला गया।

वह उठकर ड्राइगरूम में आ गया। सोफे पर एक लड़की

बैठी थी। मामूली कमीज सलवार और पुराना-सा शाल उसके शरीर पर था। उसे देखकर वह खड़ी हो गई।

"नमस्ते।" उसने हाथ जोड़े, "आप अजय जी हैं?"

"जी। बैठिए।"

"मैं रीता हूं।"

"ओह।" कहकर अजय बैठ गया।

"दिल्ली कब आई?"

"सुबह पांच बजे की बस पकड़ी थी।"

"कहां ठहरी हैं?"

"बस स्टैंड से सीधी आपके यहां आ रही हूं।" रीता की आवाज दबी हुई थी।

"मेरे पास?"

'जी हां।"

"इस शहर में कोई रिश्तेदार है?"

"जी नहीं।"

"तो क्या करने आई है?"

"नौकरी की तलाश में?"

कंवलसिंह चाय और नाश्ता ले आया था। उसने सेण्टर टेबिल पर रख दिया और प्यालों में चाय बनाने लगा।

"आप अण्डा खा लेती हैं?"

"जी नहीं।"

"कंवलसिंह, इनके लिए टोस्ट ले आओ।"

"जी" कहकर कंदलसिंह चला गया।

"लीजिए। चाय पीजिए।"

"आप मुझे तुम कह सकते हैं।"

"तुम्हारी उम्र क्या है?"

"लगभग बाईस वर्ष।"

"तुम घर से भागकर आई हो?"

"जी नहीं।"

"बिना परिचय और सिफारिश के नौकरी कैसे प्राप्त करोगी। इसके अलावा रहोगी कहां?"

"मैं आपकी शरण में आई हूं।"

"वह तो ठीक है। लेकिन मैं एक लेखक हूं। किसी फैक्टरी या फर्म का मालिक नहीं। तुम्हारे पास सोने के लिए बिस्तर तक नहीं। फिर क्या सोच कर आई हो?"

"सुना है यहां काम करने वाली लड़कियों के लिए होस्टल हैं।" रीता ने कहा।

"हैं।" लेकिन वह जगह प्राप्त करना सरल नहीं। तुम्हारे पास कितने रुपये हैं?"

"अठारह।"

"बड़े शहरों में कुछ आदमी दानव या गिद्ध की भांति हैं। यदि तुम उनके हाथ आ जाती तो जानती हो तुम्हारी क्या दशा होती?"

"मैं अपनी जीवन-गाथा सुनाना चाहती हूं।"

"अभी नहीं। अभी मैं बाथरूम जा रहा हूं।" कह कर अजय खड़ा हो गया। "तुम चाय पियो। टोस्ट खा लेना।"

अजय पन्द्रह मिनट बाद शौच व स्नान से निवृत होकर आ गया।

"मेरा विचार है तुम भी स्नान कर लो।"

"मैं स्नान करके चली थी।"

"सुबह पांच बजे?"

"मेरा दिन पांच बजे शुरू होता है और रात ग्यारह बजे समाप्त होती है।"

"इस थैले में क्या है?"

"एक जोड़ा।"

"केवल दो जोड़े लिबास और एक शाल?"

"मैं तीन वर्ष की थी कि एक दुर्घटना में मेरे माता-पिता का देहान्त हो गया। मुझे चाचा ने पाला। वह केवल डेढ़ सौ रुपये मासिक कमाते हैं। मैं छ: वर्ष की हुई तो मैंने बर्तन साफ करना शुरु कर दिए। आठ वर्ष की हुई तो खाना बनाना सीखा दस वर्ष की हुई तो कपड़े धोना और झाड़ू लगाना सीख लिया। मुझे पढ़ने का बहुत शौक था। मैं बड़ी हो गई और चाचा छ: बच्चों के पिता बन गए। फीस माफ हो गई और मैं घर का सारा काम करने के अतिरिक्त पढ़ाई भी करती रही।

दसवीं प्रथम श्रेणी में पास की। मैं कालेज जाना चाहती थी। लेकिन चाचा के पास पैसे न थे। पर मेरी फीस माफ हो गई। पुस्तकें भी कालेज की ओर से मिल गई। मैं हर रोज प्रात: पांच बजे उठती थीं। सब लोगों का नाश्ता या खाना तैयार करती और नौ बजे कालेज पहुंच जाती। कालेज से आकर मैं लडकियों की ट्यूशन करती थी। मुझे बीस रुपये प्रति मास मिल जाते थे। इसमें से दस रुपये चाची ले लेती थी। शाम का खाना सात बजे खा लेते थे। कुछ देर चाची के पैर दवाती। वह सो जाती तो मैं पढ़ाई करती। छुट्टी के दिन नावल किराये पर लाती। और उसे पढ़ती। आखिर मैंने बी० ए० कर लिया। वह भी ऊंचे सेकेंड क्लास में। मैंने दस महीने में टाइप सीख लिया। और अब पैंतालीस शब्द प्रति मिनट की स्पीड से टाइप कर सकती हूं। शार्टहैंड भी सीखने की कोशिश की। लेकिन वह अभी पूरी तरह नहीं कर सकी हूं।

"एक दिन चाचा और चाची ने कहा कि वह मेरा ब्याह नहीं कर सकते। मैंने कहा कोई बात नहीं। मैं नौकरी करूंगी और अपने पांव पर खड़ी हो जाऊंगी। लेकिन करनाल में नौकरी कहां मिल सकती थी। यदि बी० एड० किया होता तो स्कूल में टीचर बन सकती थी। मैं ट्यूशन पढ़ाती रही। और चाचा पर बोझ न थी। मैं उन्हें तीस रुपये मासिक देती थी। और स्वय दस रुपए मासिक में निर्वाह करती थी। और घर का सारा काम करती थी। इस पर भी उन्होंने कहा कि मैं घर छोड़ दूं। ननिहाल एक गांव में हैं। वह बहुत गरीब हैं। मैंने परिस्थिति का निरीक्षण किया। और इस नतीजे पर पहुंची कि यहां आ जाऊं। शायद आप मेरी सहायता कर सकें।"

"बहुत दु:ख-भरी कहानी है।"

"बिल्कुल नहीं। मेहनत करना मानवता का कर्तव्य है।"

अजय को याद आया कि उसने किस परिस्थिति में घर छोड़ा था। लेकिन रीता एक लड़की थी।

"क्या तुम बता कर आई हो?"

"जी हां।"

"और उन्होंने इस पराये शहर में भेज दिया?"

"गरीबी में इन्सान दूसरे के काम नहीं आ सकता।"

"यदि उन्होंने पुलिस में रिपोर्ट दर्ज करा दी तो मैं मुसीबत में फंस जाऊंगा।"

"मैं इकीस वर्ष की हो चुकी हूं।"

"इससे क्या अन्तर पड़ता है?"

"आप इतने बड़े उपन्यासकार हैं। इतना कानून भी नहीं जानते?"

"तुम्हें कैसे विश्वास है कि मैं तुम्हें सहारा या शरण दूंगा?

"आपके उपन्यास पढ़कर तो यही सोचा है।"

"ओह!' कहकर अजय ने सिगरेट सुलगाई।

"चाय और पिओगी?"

"जी नहीं।"

"नहीं? मैं पीना चाहता हूं।"

"तो मैं ले आती हूं।"

"नहीं। वह कंवलसिंह का काम है। देखो रीता मुझे अपने चाचा का नाम और पता दो। वैसे मैं वकील से भी मिलूंगा। मैं नहीं जानता कि कानून क्या कहता है। मैं लफड़ों से दूर रहना चाहता हूं। फिर दुनिया क्या कहेगी। एक जवान लड़की और मेरे घर में रहे। तुम्हें कैसे मालूम था कि मैं विवाहित नहीं हूं।"

"मैंने उस दुकानदार से कहा था कि इस बार दिल्ली किताबें खरीदने जाओ तो पता करना कि आप विवाहित हैं या नहीं।"

"और उसने पता किया?"

"जी हां।"

"तुम्हारे चाचा मुझे ब्लैकमेल कर सकते हैं।"

"जी नहीं। वह गरीब हैं लेकिन ईमानदार हैं।"

"मनुष्य की नीयत बदलते देर नहीं लगती।"

"आप मुझे सोने की जगह दे दें। एक मास खाना खिला दें। मुझे विश्वास है कि आप मुझे नौकरी दिलवा सकेंगे। फिर मैं अपने पांव पर खड़ी हो जाऊंगी।"

अजय को आभास हुआ कि रीता झूठ नहीं बोल रही थी। वह शरीफ, ईमानदार और मेहनती लड़की थी।

"खैर। मैं तुम्हारे चाचा को पत्र तो लिखूंगा।"

"अवश्य।"

"यह कपड़े पहन कर किसी दफ्तर में जाओगी तो कोई तुम्हें दफ्तर में घुसने भी न देगा। और मैं अमीर नहीं हूं। यह सोफा, यह गलीचा बड़ी मेहनत से बनाए हैं। रहने को तुम रह सकती हो। इस इलाके में पड़ोसी-पड़ोसी को नहीं जानता, मैं किसी से बात नहीं करता। इसलिए दुनिया की परवाह नहीं करता। लेकिन पहले यह बात साफ हो जाए कि तुम्हारे चाचा ने पुलिस में रिपोर्ट तो नहीं लिखवाई है?"

"मैंने कहा ना मैं इक्कीस वर्ष की हूं।'

"अपहरण की सजा चार वर्ष हूं।"

"वह दिन नहीं आएगा। मेरा इन चाचा और चाची के सिवा संसार में कोई नहीं। जब तक नौकरी नहीं मिलती मैं घर का सारा काम करूंगी। मैं आप पर बोझ न बनूंगी।"

"तुम जानती हो और देख रही हो कि मैं जवान हूं और इसके अलावा रोज शराब पीता हूं।"

"वह आपका जीवन है। मुझे आप पर पूरा भरोसा है। आप कभी गलत काम नहीं कर सकते। आप एक उच्चकोटि के उपन्यासकार हैं। और दुनिया का दुःख-दर्द समझ सकते हैं।"

"वह ठीक है। लेकिन मैं मुसीबत खरीदना नहीं चाहता।"

मैं मुसीबत नहीं हूं। गरीब हूं लेकिन कुलटा नहीं हूं।" रीता ने कहा।

"हूं।" कहकर अजय सिगरेट पीने लगा। उसने सिर सोफे की पीठ पर डाल दिया। और आंखें मूंद लीं। दस मिनट बाद उसने आंखें खोली।

"रीता।"

"जी।"

"तुम रह सकती हो। जो होगा देखा जाएगा। मैं ऐसे लोगों को जानता हूं जो लखपति हैं और उनकी बड़ी पहुंच है।"

रीता उठी और उसने अजय के पांव पर सिर रख दिया।

"मैं यह अहसान कभी नहीं भूल सकती।"

"मेरे पांव छोड़ दो और भविष्य में कभी मेरे पांव को हाथ न लगाना।"

रीता की आंखों से आंसू बहने लगे।

"यह आंसू क्यों?"

"खुशी के हैं। मैं जिस विश्वास से आई श्री भगवान ने वह विश्वास पूरा कर दिया।"

"दो बेडरूम हैं। एक में तुम रह सकती हो।"

"बहुत-बहुत धन्यवाद। मैं जीवन में पहली बार सोफे पर बैठी हूं। और पहली बार मैंने कालीन पर पांव रखा है।" रीता ने कहा।

"अच्छा। अब अपनी जगह बैठ जाओ। सबसे पहले तुम्हारे लिए पोशाक का प्रबन्ध करना पड़ेगा। आओ मेरे साथ। तुम्हारे पांव में तो रबड़ की हवाई चप्पल है। इस सर्दी में ठंड नहीं लगती?"

"मैं बहुत सख्तजान हूं।"

"आओ।" तुम्हारा कमरादिखा दूं?"

अजय ने उसको उसका बेडरूम दिखा दिया, "ठीक है?"

"ऐसे पलंग पर सोई और रेशमी लिहाफ लिया तो मैं कभी जागूंगी ही नहीं।"

"आज से अतीत की बातें बन्द। इधर आओ।" अजय उसे अपने बेडरूम में ले गया।

"यह मेरा वार्डरोब है। इसे खोल सकती हो।"

"जी नहीं।"

"यह लो चाबी और खोलो।"

रीता ने वार्डरोब खोल दिया, वह पोशाकों से भरा पड़ा था।

"इतने कपडे?"

"यह रुपये हैं। पांच सौ रुपये निकालो।"

"लेकिन यह तो सौ-सौ के नोट हैं।"

"उठाओ।"

रीता ने नोट उठाए। उसके हाथ कांप रहे थे।

"तुम्हारे हाथ क्यों कांप रहे हैं?"

"मैंने इतना रुपया जीवन में पहली बार देखा है। और सौ के नोट को पहली बार छुआ है।"

"पांच नोट ले लो। तुम साड़ियां पहनना पसन्द करोगी या सलवार-कमीज?"

"आप इस पांच सौ रुपये से मेरे लिए कपड़े खरीदेंगे?" रीता कांप रही थी।

"यदि यहां रहना है तो लिबास भी ऐसा ही होना चाहिए। आओ अब बाजार चलते हैं। एक स्वेटर, शाल, सैंडल और बाकी रुपयों की साड़ियां और सूट···"

"मैं स्वप्न देख रही हूं या नावल पढ़ रही हूं।"

"कंवलसिंह।" अजय ने पुकारा।

कंवलसिंह आ गया।

कंवलसिंह। यह मिस रीता हैं। अब से यहीं रहेंगी। और अब हम बाजार जा रहे हैं। वापसी पर खाना खाएंगें।"

"जी।"

"आओ रीती।"

टेक्सी स्टैंड दूर न था। अजय ने ड्राईवर से पूछा कि किसका नम्बर है। ड्राइवर उसे जानते थे।

अजय ने टैक्सी का दरवाजा खोला।

"भीतर बैठ जाओ।"

"मैं।"

"हां।"

रीता भीतर बैठ गई। अजय भी बैठ गया। ड्राईवर अपनी सीट पर बैठ गया।

"अजमलखां रोडा।"

"मैं कार में पहली बार बैठी हूं।"

'मैंने कहा था कि अतीत को भूल जाओ।"

दोनों चुप हो गए। अजमलखां रोड पर पहुंचे तो साढ़े चार रुपये बिल बना।

"इतने रुपये? क्या साईकल रिक्शा नहीं हैं?"

"वह पुरानी दिल्ली में चलते हैं।"

वह जूतों की दुकान के भीतर चले गए।

"इनके लिए सैंडल।" अजय ने सेल्जमैन से कहा।

एक दर्जन से अधिक सैंडल बिखर गए।

"यह कैसा है?" अजय ने सैंडल उठाया।

"बहुत अच्छा है। लेकिन यह तो बहुत महंगा होगा।"

"रीता। मैं जो पूछ केवल उसका जवाब दो।" अजय ने कहा, "और बेडरूम स्लीपर दिखाओ।"

बेडरूम स्लीपर बिखर गए। अजय ने एक उठाया।

"सैंडल और स्लीपर पैक कर दो।"

"यस सर।" सेल्जमैन ने कहा और जाकर बिल बनाने लगा।

"आपने कीमत तो पूछी नहीं।"

"वह मैं पूछा नहीं करता।"

इसके बाद अजय ने एक दुकान से एक शाल और एक कार्डीगन खरीदा। फिर दो साड़ियां, ब्लाउज और पेटीकोट खरीदे। और दो जोड़े कमीज सलवार के। अजय ने कपड़े दर्जी को दे दिए। दर्जी रीता के शरीर का नाप लेने लगा तो उसके माथे पर पसीना आ गया।

"सूट कल तैयार हो जाना चाहिए।"

"कल तो मुश्किल है।" दर्जी ने कहा।

"शहर में बहुत टेलर हैं।" अजय ने कपड़ा उठा लिया।

"अच्छा। तैयार हो जाएंगे।"

"एक ब्लाउज आज शाम चार बजे तैयार हो जाए।"

"जी।"

"मेरा नौकर आकर ले जाएगा।"

"यस सर।"

"आओ रीता।"

वह बाजार में आ गए।

"डोसा खाओगी?"

"वह क्या होता है?"

"दक्षिण भारत का परांठा।"

"आज नहीं।"

"फिर घर चलते हैं।" कहकर वह खाली टैक्सी में बैठ गए।

रीता का दिमाग चकरा रहा था। और टैक्सी दौड़ रही थी।

घर पहुंचकर वह भीतर गए। कंवलसिंह ने दरवाजा खोला।

"साहब,खाना लगाऊं?"

"नहीं। मुझे एक बीयर दो।"

"जी।"

"और सुनो। इन्हें फ्रिज दिखा दो और रसोईघर में गैस कैसे जलाई जाती है, वह सिखा दो।"

"जी।"

"जाओ रीता।"

कंवलसिंह बीयर और गिलास दे गया।

रीता गैस के चूल्हे देखकर हैरान हो गई। रसोईघर स्टेन-लेस स्टील के बर्तनों से भरा हुआ था।

बीयर खत्म हुई तो कंवल सिंह ने खाना लगा दिया।

रीता को थोड़ी परेशानी हुई। अजय मांस खा रहा था। लेकिन वह चुप रही।

"पांच सौ रुपये में से क्या बचा?"

"पैसे तुम्हारे पास थे। मुझसे क्यों पूछ रही हो।"

"केवल ग्यारह रुपये बचे हैं।"

"वार्डरोब में और भी पड़े हैं। फिर कल सुबह दस बजे बैंक खुल जाएगा। और वार्डरोब की चाबी मेरे तकिये के नीचे होती है।"

"जी।"

खाने के बाद अजय ने रीता के चाचा को पत्र लिखा कि रीता उसके यहां ठहरी है। उसने लिफाफे में जवाब के लिए लिफाफा भी डाल दिया। और इसपर अपना पता लिख दिया।

"कंबलसिंह?"

"जी।"

"यह रसीद है। अजमल खां रोड जाना चार बजे, वह तुम्हें एक ब्लाउज देगा। दर्जी का पता लिखा है।"

"मैं ले आऊंगा।"

"अब मैं सोऊंगा। और तुम क्या करोगी?"

"मैं तो दिन मे नहीं सोती।"

"फिर क्या करोगी?"

"कोई नावल है?"

"वह सामने आलमारी भरी पड़ी है।"

रीता ने एक नावल निकाला और अपने कमरे में चली गई

रीता ने झांककर देखा। अजय जाग रहा था।

"मिसेज लता शर्मा आई हैं।"

"ओह!" अजय अतीत से वर्तमान में आ गया। "मैं आता हूं।" अजय ने कहा और उठ खड़ा हुआ।

नौ

तीन महीने का समय और बीत गया। इस बीच अजय ने अपना नावल पूरा किया और उसे प्रकाशक को दे आया। नावल लिखने के बाद थकान उतारने के लिए वह फिर व्हिस्की पीने में दिन रात लगा रहा।

एक दिन शाम को लता आ गई।

रीता ने उसे बताया कि लता आई है। वह उठकर ड्राइंग-रूम में आ गया।

लता ने उठकर नमस्ते की।

"बैठिए।"

"मैं कल आई थी। आप शायद देर से आए।"

"हां। एक प्रकाशक के पास बैठा था।" अजय बोला।

"कल नाटक का शो है। आपके लिए पास लाई हूं।"

"कितने?"

"दस।"

"इतने जरूरी नहीं।"

"आप दूसरे लेखकों और प्रकाशकों को बुला सकते हैं।" लता ने कहा।

"यह ठीक है। लेकिन मेरे किसी उपन्यास को पहली बार ड्रामा के रूप में प्रस्तुत किया जा रहा है, इसलिए डरता हूं। यदि ड्रामा सफल रहा तो फिर कभी आप शो करेंगी तो अवश्य बुलाऊगा। बल्कि प्रेस के संवाददाताओं को भी बुलाऊंगा। कोई अध्यक्षता के लिए आ रहा है?"

"जी हां—के॰ हाई कमीश्नर आ रहे हैं।"

"ओह!" अजय ने सिगरेट सुलगाई।

"वह सोवनीयर तैयार हो गया।"

"जी हां।"

"कितने रुपये के इश्तहार मिले?"

"खर्चा पूरा हो जाएगा?" लता ने कहा।

"और हां, जब शो समाप्त होता है तो हम कलाकारों और दूसरे कारिन्दों को पब्लिक से परिचित कराते हैं।"

"लेकिन मैं स्टेज पर नहीं आऊंगा।" .

"क्यों?"

"मैं पब्लिसिटी नहीं चाहता।"

"खैर। जैसा आप चाहते हैं वैसा हो जाएगा।"

कंवलसिंह चाय और खाने का सामान ले आया था।

रीता उठकर इन्हें सजाने लगी।

एक घण्टा तक बातें होती रहीं। फिर लता चली गई। अजय खड़ा हो गया।

"रीता, मेरा विचार है शाम उतर आई है।"

"बेहतर। मैं प्रबन्ध करती हूं। कहां बैठिएगा।" रीता ने पूछा।

"यहीं, पुरानी फिल्मों के गीत सुनने का मूड है।" अजय ने कहा, 'शायद कोई आ भी जाए।"

रीता बोतल लेने चली गई।

उस शाम अजय ने केवल चार पैग पिए और खाना खाकर बेडरूम में चला गया। रीता न मालूम क्या कर रही थी। उसे

रीता की जरूरत थी। रीता आध घण्टे बाद आई।

सितम्बर मास के अन्तिम दिन थे और कमरे में पंखे तले सोया जा सकता था। रीता बिस्तर में घुस गई और अजय ने टेबललैम्प की रोशनी बन्द कर दी।

सुबह वह उठा तो रीता बिस्तर में न थी। आज सिर भारी न था। उसने कंवलसिंह को पुकारा। उत्तर में रीता आ गई।

"नींद ठीक आई?"

''एक अरसे के बाद ऐसी नींद आई है। चाय लाओ।"

"अभी लाती हूं।"

चाय पीकर वह बाथरूम गया। शेव बनाई, स्नान किया और नाश्ता करके लेट गया।

रीता ने शैम्पू से सिर के बाल धोए थे। वह इन्हें सुखा रही थी और रसोईघर में दोपहर का खाना तैयार कर रही थी।

आज अतीत की कोई बात याद न आ रही थी। वह अतीत से दूर रहना चाहता था।

दोपहर का खाना उसने बारह बजे ही खा लिया और जाकर लेट गया।

थोड़ी देर बाद रीता भी था गई। उसने दरवाजा बन्द कर दिया और उसके साथ लेट गई। रीता के लिबास से सैण्ट को महक आ रही थी।

बीस मिनट बाद दोनों सो गए।

चार बजे रीता को आंख खुली। उसने अजय के मस्तक को चूमा और बिस्तर से निकल गई।

अजय जाग गया। उसने सिगरेट सुलगाई। दस मिनट बाद रीता आई।

"आप स्नान करेंगे?"

"नहीं।"

"कितने बजे चलना है?"

"शो कितने बजे शुरू होगा?"

"साढ़े छः।"

"तो शाम की चाय पी लें।"

"चाय के साथ क्या खाएंगे?"

"आमलेट और स्लाइस।"

"टमाटर डालना है?"

"हां।"

"यहां लाऊं या आप डाइनिंगटेबल पर आएंगे?"

"यहीं ले आओ।"

चाय से निवृत होकर अजय ने कहा, "कोट पहनना पड़ेगा?"

"आपके पास सिल्क का कोट है। वह पहन लीजिए।"

"नहीं ऐसे ही चलेंगे। कमीज और पतलून, बनियान और अण्डरवियर निकाल लो।"

"मैं क्या पहनू!"

"जो तुम्हें पसन्द है।"

"वह साड़ी पहन लूं जो इलाहाबाद के प्रकाशक ने खरीद कर दी थी।"

"चलेगी।"

रीता ने उसके कपड़े निकाले और अपने बेडरूम में चली गई। आज वह स्वयं को बहुत महत्वपूर्ण समझ रही थी। वह जमीन पर न चल रही थी। सिर के बाल उसने सुबह धोए थे। उसके बाल लम्बे थे। उसने पोनी टेल बना ली। यद्यपि अब उसका फैशन न था। बल्कि स्विच आ गए थे। लेकिन उसने स्विच न खरीदा था। जब वह पहले दिन यहां आई थी तो इसकी दशा, लिबास से यह प्रगट न होता था कि वह एक सुन्दर लड़की है। लेकिन डेढ़ वर्ष बेहतरीन खाने और बेफ्रिकी से रहने के कारण उसका शरीर भर गया था। लेकिन सारे शरीर पर कहीं भी फालतू मांस न था।

अजय ड्राइगरूम में बैठा उपकी प्रतीक्षा में सिगरेट फूंक रहा था। आखिर उसे पुकारना पड़ा, "रीता।"

"जी अभी आई।"

अभी से तात्पर्य दस मिनट थे। वह आई तो अजय ने एक नजर देखा।

"स्त्रियां कहीं जाती हैं तो बनने-संवरने में एक घण्टा लगा देती हैं।"

"मैं कैसी लग रही हूं?"

"नई दुल्हन। केवल लिपस्टिक की कमी है।"

"और मांग में सिन्दूर की।"

"आओ चलें। हम ड्रामे के हीरो-हीरोइन हैं।"

टैक्सी स्टैंड से उन्होंने टैक्सी ली। और फाइन आर्ट थिएटर के लिए रवाना हो गए।

"यह तुम्हारा सैण्ट मुझे जुकाम कर देगा। इसकी एक बोतल पचानवे रुपये की आती है।"

"और वह बोतल दो मास चलती है। और आप सौ रुपये की व्हिस्की तीन दिन में पी जाते हैं।"

"मेरा विचार है तुम भी उपन्यासकार बन आओ।"

"आप गुरु बनेंगे?"

"नहीं।"

"फिर कैसे बन सकती हूं। फोटोग्राफर तो आया होगा?"

"निश्चय ही।"

"मैं हाई कमीश्नर के साथ फोटो उतरवाना चाहती हूं।"

"यदि उसने साथ चलने को कहा तो?"

"छिः। कैसी गन्दी बात करते हैं।"

अजय हंस दिया।

थिएटर हाल आ गया। बिल चुका कर वह भीतर चले गए।

"पास कहां हैं।" अजय ने पूछा।

"ओह भगवान! वह तो मैं लाना भूल ही गई।"

"अच्छी सेक्रेटरी हो।"

"अब क्या होगा?"

"चिन्ता न करो।"

कारें और स्कूटर वर्षा की भांति आ रहे थे।

गेट कीपर ने पास मांगा।

"यह अजय साहब हैं। हम पास भूल आए हैं। लता शर्मा से पूछिए हमारी कौन-सी सीट है।"

"ओह!" जवान लड़के ने मुस्करा कर नमस्ते की, "आप

केवल दो हैं?"

"मैं आपको बेहतरीन सीट दूंगा। आइए मेरे साथ। केवल, जरा ख्याल रखना।" उसने दूसरे गेटकीपर से कहा।

वह भीतर गए तो आधा हाल भर चुका था। गेटकीपर ने इन्हें स्टेज से दूर तीसरी लाइन में ठीक बीच की दो सीट देदी।

"काफी भिजवा दूं?" उस लड़के ने पूछा।

"नहीं। धन्यवाद।" अजय ने कहा।

लोग आ रहे थे। और रीता हाल में बैठे और आने वालों का निरीक्षण कर रही थी।

"ऐसा अनुभव होता है कि नई दिल्ली का सारा सौन्दर्य बुलाया गया है।"

अजय ने मुस्करा दिया।

पर्दा उठा न था। पांच मिनट बाद लाऊडस्पीकर पर घोषपा हुई कि अध्यक्ष महोदय यानी हाई कमीश्नर पधार रहे हैं। हम उनका स्वागत करते हैं और शो तीन मिनट में शुरू हो रहा है।

हाल की रोशनी बुझ गई। पर्दा उठा और शो शुरू हो गया।

अजय की आगे की लाइन में चार बहुत माडर्न और सुन्दर लड़कियां बैठी थीं। इनमें से एक बोल पड़ी:।

"बोर।"

"बोर।" दूसरी ने कहा।

अजय का दिल लड़कने लगा। उसका कंठ और उसके होंठ खुश्क हो गए। काश इस समय कहीं से शराब मिल जाती।

कहानी ने धीरे-धीरे मजबूती पकड़नी शुरू की।

पहला ऐक्ट समाप्त हुआ और पर्दा गिरा तो लोगों ने तालिया बजाई।

इण्टरवल के बाद दूसरा ऐक्ट शुरू हुआ और कहानी तेजी से आगे बढ़ने लगी। अब हॉल में पूर्ण रूप से सन्नाटा था। लता के अभिनय ने ड्रामे में जान डाल दी थी। लोग सांस रोककर बैठे थे।

तीसरे ऐक्ट में लता को शराबी का रोल करना था। संवाद बहुत जानदार थे। और लता मीनाकुमारी की भांति अभिनय

कर रही थी। अन्त में उसे मरना था। लोगों की जेब से रूमाल निकल आए।

ड्रामा समाप्त हुआ। पर्दा गिरा। और हाल तालियों की आवाज से गूंज उठा।

पर्दा उठा। माइक आ गया था। लता आई उसने हाथ जोड़कर नमस्ते की। और इसके बाद एक-एक पात्र और कारिंदे का परिचय कराया गया। लोग तालियां पीट रहे थे।

"और अब मैं अन्त में मिस्टर अजय का नाम लूंगी जिनके उपन्यास के आधार पर यह ड्रामा प्रस्तुत हुआ है। अजय साहब स्टेज पर नहीं आना चाहते, लेकिन आप लोग तालियां बजाएं।"

तालियां की आवाज से हॉल कांप उठा।

अजय और रीता के पीछे एक जोड़ा बैठा था। पुरुष बोला, "यदि अजय नहीं चाहता तो हम उसे जूतों का हार पहना देते हैं।

रीता एकदम खड़ी हो गई और गरज कर बोली, "यदि मनुष्य को मैनर्ज न आते हों तो उसे अपने चेहरे पर काला रंग लगा लेना चाहिए। रंग न मिले तो तारकोल लगा ले।"

पुरुष के होश उड़ गए।

अजय चौक पड़ा।

"रीता। गुस्सा थूक दो।"

"इसके मुंह पर थूकूंगी।"

"रीता प्लीज।"

रीता का चेहरा सुर्ख था। वह बैठ गई।

"बदतमीज।"

हॉल खाली होने लगा।वह पति-पत्नी भी उठकर चले गए।

"चलें?" अजय ने पूछा।

"एक मिनट।"

"इतने में एक नोजवान आया।

"क्षमा कीजिए। आप मिस्टर अजय हैं?"

"हां।"

"आपको मिसेज लता शर्मा ने बुलाया है। कमिश्नर साहब आपसे मिलना चाहते हैं।"

"ओह। आओ रीता।"

रीता सम्हल गई। वह लड़के के साथ चल दिए। परदे के पीछे सारी युनिट और कमिश्नर खड़ा था। उसके दाएं हाथ लता खड़ी थी। लता ने अजय को हाई कमिश्नर से मिलाया।

अजय ने हाथ बढ़ा दिया।

"कहानी बहुत अच्छी थी।" हाई कमिश्नर ने कहा, "मैं आपको बधाई देता है।"

"शुक्रिया।"

"फोटोग्राफर तैयार है।" लता ने कहा।

अजय ने रीता को हाई कमिश्नर के साथ खड़ा कर दिया। और उसके बाएं हाथ स्वयं खड़ा हो गया।

फोटोग्राफर के कमरे से फ्लैश उभरा, दो फोटो उतारे गए।

हाई कमिश्नर हाथ मिलाकर चला गया।

"कैसा रहा?" लता ने पूछा।

"बहुत सफल। मैं बयान नहीं कर सकता। लोग अब तक मेरे नावलों के पात्रों को पढ़ते थे। आज मैंने उन्हें बोलते और बातें करते सुना। अब आज्ञा दीजिए।"

"बेहतर।" .

"मिसेज लता, आप कल शाम का खाना हमारे यहां खाएं। हीरो को भी लाइए।" रीता ने निमन्त्रण दिया।

"हम अवश्य आएंगे। हीरो यानी मिस्टर मदन की पत्नी मधु लाइट्स की इंचार्ज थी, न मालूम कहां है। खैर वह भी आएंगी। मेरे बेटे राजू का काम कैसा रहा?"

"बहुत खूब।" अजय ने कहा। फिर अच्छा कहकर अजय ने सिगरेट सुलगाई और बाहर चल दिया। गेट पर चार नव-युवक खड़े थे। चारों ने हाथ जोड़कर नमस्ते की। अजय ने सबसे हाथ मिलाया। रीता जमीन पर न चल रही थी।

वह बाहर निकले तो दो टैक्सियां खड़ी थीं। कारें और स्कूटर जा चुके थे। अजय ने टैक्सी का दरवाजा खोला और रीता को बैठने को कहा।

वह दोनों बैठ गए तो ड्राइवर भी बैठ गया।

रीता ने मंजिल बता दी। और टैक्सी चल पड़ी।

"क्या सोच रहे हैं?" रीता ने पूछा।

"घर कब पहुंचेंगे?"

"पन्द्रह मिनट में।" ,

"काश, तुम पर्स में थोड़ी-सी व्हिस्की ले आतीं, बड़ी तलब अनुभव हो रही है। वह उसने क्या कहा था?".

"उस गधे ने? आप न रोकते तो मैं सैण्डल उतारकर उसके मुंह पर जड़ देती। लता ने न मालूम क्यों ऐसे बदनसीब लोगों को पास दे दिया।"

"चलो छोड़ो।"

रीता ड्रामे के संवाद और लता के अभिनय की प्रशंसा कर रही थी।

अन्त में घर आ गया। रीता ने बिल चुकाया। कंवलसिंह ने दरवाजा खोला। अजय तेजी से बेडरूम में गया। उसने बोतल निकाली और एक पैग गिलास में डाला। कंवलसिंह के पानी लाने से पहले वह गिलास खाली कर चुका था।

रीता आ गई।

"पानी के बिना पी ली?" .

"बहुत प्यास लगी थी।"

"अभी सवा दस बजे हैं। आपने अब शुरू की है अब रात के दो बजाएंगे।"

"नहीं। हम बारह बजे खाना खा लेंगे।"

फिर ड्रामे की बातें होने लगीं।

"आप फिल्म इण्डस्ट्री में क्यों नहीं चले जाते।"

"एक बार गया था। उन लोगों को दो बातों की बिलकुल तमीज़ नहीं। और वह मुझे पसन्द नहीं।"

"कौन-कौन-सी?"

"एक पैसा और दूसरा समय।"

वह मैं सम्हाल सकती हूं।"

"अच्छा सोचेंगे। आज रात फिल्म नहीं, ड्रामे की बातें करने की है।"

गिलास खाली होता रहा। भरता रहा और रात जवान और रंगीन होती गई।

सवा बारह बजे उन्होंने खाना खाया। और फिर एक-दूसरे में डूब गए।

दस

अगले दिन नाश्ते के बाद अजय ने कहा, "मैं प्रकाशक को मिलने जा रहा हूं। शायद चेक मिल जाए।"

"दोपहर का खाना?"

"वह कहीं खा लूंगा।"

"व्हिस्की न पीजिए। आज रात लता और दूसरे लोग आ रहे हैं।

"कितने बजे?"

"शायद चार या पांच बजे आ जाएं। रात का खाना खाकर जाएंगे।"

"मैं जा जाऊंगा।"

"कुछ भूल तो नहीं रहे हैं?"

'नहीं।"

"नहीं?"

"ओ हां।"

अजय ने मुस्कराकर रीता को बांहों में लिया और होंठों पर होंठ रख दिए। तीन मिनट बाद अलग हुआ तो बोला, "अब जाने दो। वरना फिर न जा सकूंगा।"

रीता मुस्करा दी।

उस दिन रीता फिल्मों के गीत गुनगुनाती रही। उसके पांव पृथ्वी पर न थे। हाई कमीश्नर के साथ फोटो! वह जीवन में ऐसी बात सोच भी न सकती थी।

डेढ़ वर्ष पहले वह आई थी। दो मास तक अजय अपने बड़े रूम में सोता और वह अपने बेडरूम में। लेकिन दो जवानियां कब तक अलग रह सकती थीं। वह अजय से प्रेम करने लगी थी। लेकिन अजय ने ध्यान न दिया था। दो मास व्यतीत हो गए, वह रात को आराम और चैन से न सो सकती थी। रात एक बज जाता। दो बज जाते। और नींद न आती, किसी करवट

चैन न मिलता।

आखिर एक रात उसने लाज-शर्म का घूंघट फाड़ डाला। उसका शरीर भट्ठी बना हुआ था। दिमाग फट रहा था। वह अपने पलंग से उठी। उसने धीरे से अजय के बेडरूम का दरवाजा खोला। अजय गहरी नींद सो रहा था। वह दबे कदमों से अंधेरे में आगे बढ़ती रही। और पलंग तक पहुंच गई। छत का पंखा चल रहा था। रीता के माथे पर पसीना था।

दो मिनट पलंग के करीब खड़ी रहकर वह सोचती रही।

'क्या यह गुनाह है?'

'पाप है?'

"नहीं। नहीं।" उसने धीरे से कहा और वह अजय से लिपट गई।

अजय की आंख खुल गई। पहले तो वह समझ न सका। फिर उसने कहा, "रीता।"

"हां। मैं हूं। मैं और प्रतीक्षा नहीं कर सकती।"

"ओह।"

और एक सितारा टूट गया।

रीता सतर्क हुई। फ़ोन की घंटी ने उसके दिमाग से वह रात निकाल दी। उसने फोन उठाया।

"हैलो।" रीता ने कहा।

"रीता। तुम हो?"

"ओह। लताजी?"

"ड्रामा कैसा रहा?"

"आप आएंगी तो बातें करेंगे। आप कब आ रही हैं?"

"हम तैयार हैं। अजय साहब हैं?"

"नहीं। लेकिन आने वाले हैं।"

"अच्छा , हम आ रहे हैं।"

"और मैं प्रतीक्षा करूंगी।"

फोन बन्द हो गया।

रीता बेडरूम में गई। उसने आइने में स्वयं को देखा। फिर शरीर के हर अंग को देखा और गुनगुनाने लगी:

'सपनों में उड़ी-उड़ी जाऊं।'

यह एक पाकिस्तानी फिल्म का गाना था और अजय ने एक मित्र से इसका रिकार्ड मंगाया था। रिकार्ड के दूसरी बोर नूरजहां का गीत था। उसे वह दर्द-भरा गीत भी पसन्द था। लेकिन आज वह दर्द-भरे गीत न सुनना चाहती थी और न ही गाना चाहती थी।

आधे घण्टे बाद बंगले के आगे कार रुकी। रीता ने दरवाजा खोला। टैक्सी से लता, राज, मदन और मधु उतर रहे थे। वे मुस्कराते हुए आए।

"हैलो यार।" लता ने हाथ बढ़ाया।

"हैलो।" रीता ने कहा और हाथ मिलाया।

हैलो और नमस्ते के बाद वह ड्राइंगरूम में चले गए। सब बैठ गए तो रीता बोली, "गरम या ठंडा।"

"कुछ भी चलेगा।" लता ने कहा, "अजय साहब नहीं आए?"

"मैं फोन करके पता करती हूं।" रीता ने उस प्रकाशक का नम्बर घुमाया जहां अजय गया था।

"हैलो। मैं मिस्टर अजय की सेक्रेटरी बोल रही हूं। अजय साहब हैं?"

"वह पन्द्रह मिनट हुए गए हैं।"

"व्हिस्की तो नहीं पी?"

"जी नहीं।"

"धन्यवाद।" कहकर रीता ने फोन बन्द कर दिया,"बस आने वाले हैं।"

"तो प्रतीक्षा करते हैं।"

"इनका कोई भरोसा नहीं। जहां बैठ गए बैठ गए। मैं चाय के लिए कहती हूं। कहकर रीता चली गई। चाय और खाने का सामान तैयार था। रीता आकर बैठ गई।

"अजय साहब ने ड्रामा पसन्द किया।" लता ने पूछा।

"बहुत। वैसे यह सवाल आप उनसे करें।"

"मिस रीता, आप दिन-भर क्या करती हैं?"

"पाठकों के पत्र आते हैं, उनके उत्तर देती हूं, नावल पढ़ती

हूं, और फोन सुनती हूं।"

"अजय साहब लिखते कब हैं?"

"इनके किसी भी काम का समय निश्चित नहीं है।"

इतने में घण्टी बज उठी।

"मेरा विचार है आ गए हैं।" रीता कहकर उठी। उसने जाकर दरवाजा खोला।

अजय प्रविष्ट हुआ। उसके हाथ में दो बोतलें थीं। बोतलें रीता ने सम्हालीं और लेकर भीतर चली गई। सब खड़े हो गए थे। अजय ने नमस्ते के जवाब में हाथ जोड़ दिए।

"तशरीफ रखिए।"

सब बैठ गए।

"सच सच बताइए ड्रामा कैसा रहा?" लता अपनी प्रशंसा सुनना चाहती थी।

"आप तो ड्रामा पर छा गई थीं। जो संवाद आपने अपनी ओर से लिखे हैं वह भी बुरे नहीं।"

"और मेरा काम?" मदन बोला।

"टाप।"

रीता आ गई।

"आपके लिए चाय बनाऊं?" रीता ने पूछा।

"इस समय चाय पीऊंगा?" अजय ने मुस्कराकर कहा।

"ओह।" कहकर रीता उन्हीं कदमों लौट गई। बोतल गिलास और फ्रिज से ठंडे पानी की बोतल उठा लाई। मेज पर रखकर उसने गिलास बनाया।

अजय ने गिलास उठाया।" ड्रामे की सफलता के नाम```।

"शुक्रिया।" सबने कहा।"

"मिस्टर मदन, आप पीते हैं?"

"जी नहीं।"

"अच्छा। एक बात बताइए," लता ने अपने बिखरे हुए मेंहदी रंग बालों को झटका दिया।

"मिस्टर मदन इंजिनीयर हैं। रिश्ते में मेरे भतीजे हैं। मेरी इनकी जोड़ी कैसी है? क्योंकि यह उम्र में मुझसे दो वर्ष कम हैं।"

"ऐसे बिल्कुल नहीं पता लगता।" अजय ने कहा।

इतने में फोन की घण्टी बज उठी। रीता उठी

"रीता कोई भी हो कह देना कि मैं घर पर नहीं। और रात को देर से आऊंगा।"

"जी।" कहकर रीता फोन की ओर बढ़ी।

"मैं शराबी का रोल कर सकती हूं?" लता ने पूछा।

"तीसरे ऐक्ट में तो आप छा गई थीं। बल्कि दूसरे ऐक्ट में भी। क्या आप फिर शो कर रही हैं?"

"मेरा विचार है बहुत जल्दी।"

"पहले ऐक्ट में थोड़ा-सा परिवर्तन कर दो।"

मैंने स्वयं भी अनुभव किया है। आज मदन से यही बात हो रही थी।"

रीता लौट आई।

"कौन था?"

"वीरेन्द्र।"

"क्या चाहता था?'

"वही जो हर व्यक्ति चाहता है। "रीता ने कहा, "मैंने कहा, 'सुबह दस बजे आ जाइए?"

"ठीक कहा।"

अजय साहब नौकरानी का अभिनय कैसा लगा?"

"बहुत अच्छा।"

"वह एक बहुत बड़े उपन्यासकार की पत्नी है। यह मोटी हो गई और उसे सफलता मिल गई तो उसने इसे छोड़कर अट्ठारह वर्ष की लड़की से शादी कर ली। अब फिल्मों में संवाद लिखता है।" लता ने कहा।

"उसके बच्चे हैं?"

"नहीं।"

"निर्वाह कैसे करती है?"

"शहर में कई ड्रामा क्लब हैं। और इसे रोल मिल जाते हैं।

"जिस तरह गरीब के पास पैसा आ जाता है और वह ऐश करने लगता है, उसी तरह लेखक और शायर जब पैसा कमाने

लगते हैं तो दूसरी शादी कर लेते हैं।" अजय ने मुस्कराकर कहा।

"और आपने एक भी नहीं की।" लता ने हंस कर कहा और रीता को देखा।

"मेरी बात और है।"

"यह रीता सुन्दर है। सूरत से, शरीर से, यह मेरे साथ काम करेगी?" लता मे पूछा

"यह इससे पूछो।"

"लेकिन आपकी आज्ञा के बिना यह हां नहीं करेगी"

"मिसेज लता। मैं अभिनय नहीं कर सकती। जो कुछ कर रही हूं, मुझे वही करने दो। मैं इसी योग्य हूं।" रीता ने मुस्कराकर उत्तर दिया।

"लता जी, उस फोटो की एक कापी मुझे भी दे दीजिएगा।" अजय ने कहा।

"अवश्य मिलेगी।" लता ने कहा।

"आपके पति क्या काम करते हैं?"

"हवाई सेना में फ्लाइट लैफ्टीनैंट हैं। अजय साहब, मेरे जीवन पर भी एक नावल लिखिए।"

"आप तो स्वयं लेखिका हैं। स्वयं क्यों नहीं लिखतीं?"

"ज्योतिषी अपनी पतरी स्वयं नहीं पढ़ सकता।" लता ने कहा।

सब हंस पड़े।

फिर ड्रामे की बातें होने लगी। समय का पता भी न चला।

"अरे! नौ बज गए।" रीता ने चौंक्तकर कहा, "मेरा विचार है खाना खा लें।"

"बिलकुल ठीक, फिर हमें दूर जाना है।" लता ने कहा।

"मदन साहब साथ में हैं।"

"आपने आधी बोतल खाली कर दी, और यह बहुत है। अब खाना खा लीजिए। वरना बोतल खाली हो जाएगी और आप भूखे रह जाएंगे।" रीता ने कहा।

"ओके डिक्टेटर" अजय मूड में था, "लता, यह रीता सेक्रेटरी कम और मां ज्यादा है, हालांकि मुझसे दस वर्ष छोटी है।"

"यह बहुत प्यारी है।" लता ने कहा।

"यह बात तो हर वह व्यक्ति कहता है जो इसे एक बार मिल लेता है।" अजय ने कहा।

"डिनर प्लीज।" रीता खुशी से फूली न समा रही थी।

उठकर डाइनिंगटेबल पर चले गए। कंवलसिंह ने खाना लगा रखा था।

खाने के बीच लतीफे चलते रहे।

साढ़े नौ बजे वह लोग चले गए। रीता ने दरवाजे की कुंडी लगा दी और ड्राइंगरूम की रोशनी बन्द कर दी। बेडरूम में तो अजय ने पतलून उतार कर पलंग पर फेंक दी, "रीता इसमें चेक है। सुबह बैंक में जमा करना है।"

"हो जाएगा।"

"एक पैग हो जाए।"

"खाने के बाद?"

"क्या अन्तर पड़ता है।"

"बिलकुल नहीं। आपको कल नावल लिखना है।" रीता ने उसे लुंगी और कुर्ता दिया।

"यह लता···" रीता कुछ कहते कहते रुक गई।

"रुक क्यों गई?"

"आपके एक इशारे पर यह आपके पलंग पर होगी।" रीता ने कहा

"स्त्री में ईर्ष्या की भावना बहुत होती है। मैं शराब और शबाब के लिए बदनाम हूं। तुम नहीं जानती हो कि मैं शहर की लगभग दो सौ कालगर्ल्ज को मिल चुका हूं।"

"मैं जानती हूं।"

"लेकिन कभी आपत्ति नहीं की?"

"वह कभी न करूंगी। शिकवा करना मेरी आदत नहीं।

बस केवल एक प्रार्थना है।"

"क्या?"

"कभी किसी को घर न लाइएगा।"

"कालगर्ल और इस घर में? रीता में शराबी हूं और बद-नाम शराबी। लेकिन आज तक नाली में नहीं गिरा। यदि किसी

महफिल में रात के दो भी बज गए हैं तब भी घर लौट आता हूं।"

"मैं जानती हूं।" रीता ने कहा, "रोशनी बन्द कर दूं?"

"लेकिन अभी दस बजे हैं। मुझे सुबह किसी दफ्तर में नौकरी करने नहीं जाना है।" .

"मैं लोरी देकर सुलादूंगी।"

"तुम्हारे हाथ में जादू है, रोशनी बंद कर दो।"

ग्यारह

समय व्यतीत होता रहा।

दौलत और शोहरत आती रही। हर मास कोई न कोई साहित्यिक संगम होता। अजय को भी कार्ड आता और रीता उसके साथ जाती। लोग बोल-बोलकर थक गए थे। अजय और रीता का सम्बन्ध उन्होंने स्वीकार कर लिया था। अब वह इनकी बातें न करते थे। न ही इनका मजाक उड़ाते थे।

रीता ने जो दर्जा प्राप्त किया था और अजय ने जो दर्जा उसे दिया था, उसे अब कोई न तबाह कर सकता था। जमाना बड़ी तेजी से बदलता जा रहा था। फिल्मों में एक समय था कि गिनती की लड़कियां अच्छे घरानों से आती थीं। नब्बे प्रतिशत कोठों से आतीं थीं। और अब अमीर घरानों की लड़कियां हिरोइन बनना चाहती हैं और पत्रिकाएं स्वतंत्र प्रेम यानी अनैतिक सम्बन्धों पर लिख रही हैं लेकिन इन्हें बिलकुल चिन्ता नहीं, वह पढ़ती और हंस देती।

तलाक आम होता जा रहा था।

ब्राह्मण, क्षत्री और अरोड़े यहां तक बनिए भी अब ऊंच नीच या जाति-पांति के चक्कर से निकल रहे हैं। सदियों पुरानी दीवारें जो लोहे की भांति मजबूत थीं, इन कुछ वर्षों में रेत बन कर गिर गई हैं।

एक शाम अजय बाहर से आया। वह बहुत थका हुआ था। रीता ड्राइंगरूम में बैठी थी। अजय अपने जूते उतारने लगा। उसने यूं ही नजर उठाकर रीता को देखा और वह जूता उतारना भूल गया।

"क्या तुम रोती रही हो?"

रीता ने उत्तर न दिया।

"उदास भी नजर आ रही हो?"

रीता फिर भी न बोली।

"तुम्हें हुआ क्या है?" अजय ने कोमल स्वर में पूछा।

"मुझसे···उसका गला रूद्ध हो गया और वह बात पूरी न। कर सकी

"रुक क्यों गई?"

"मुझसे एक कांच का गिलास टूट गया!"

"चोट तो नहीं लगी? घाव तो नहीं हुआ? कहकर अजय फिर जूते उतारने लगा।

रीता ने हाथों से मुंह छुपा लिया लेकिन उसकी सिसकियों की आवाज उभरी।

अजय जुराब उतारना भूल गया।

"यह रो क्यों रही हो?"

"आप नाराज तो नहीं?"

"किस बात पर?"

"गिलास जो टूट गया है।"

"कांच के गिलास तो टूटते ही रहते हैं।"

"लेकिन···

"तुम कबसे रो रही हो?"

"चार बजे गिलास टूटा था।"

"और अब सवा छः बजे हैं, इसका मतलब है तुम सवा दो घण्टे से एक गिलास के लिए रो रही हो?"

"बचपन में मुझसे एक गिलास टूट गया तो चाची ने बहुत पीटा था।"

"तुम्हें कितना बार कहा है कि मेरे साथ अपने अतीत की बात मत किया करो।"

"आप नाराज तो नहीं?"

"हद हो गई।" अजय चिढ़ गया, "लोगों के दिल टूट जाते हैं और वह उफ तक नहीं करते। तोड़ने वाले खेद तक प्रगट नहीं करते, सॉरी तक नहीं कहते और तुम एक गिलास की खातिर

रो रही हो। न मालूम आज सुबह किसका मुंह देखा था। एक प्रकाशक से उलझकर घर आया कि तुम्हारे वक्ष पर सिर रख-कर कुछ देर के लिए सो जाऊंगा और तुम एक गिलास की खातिर सवा दो घण्टे से रो रही हो! जो गिलास तोड़ा उसके साथ के और कितने गिलास हैं?" अजय झल्ला पड़ा।

"पांच और हैं।"

"जाओ। इन्हें लेकर जाओ।"

रीता उठी और गिलास ले आई।

"मेज पर रख दो।"

रीता ने रख दिए।

"एक गिलास उठाओ।"

रीता ने गिलास उठाया।

"अब बताओ कैसे तोड़ा था?"

"मैं साफ कर रही थी। मेरे हाथ से गिर गया।"

"गिरा कर दिखाओ।"

"जी?"

"जो कह रहा हूं वह करो।"

रीता कांपने लगी।

"सोच क्या रही? जो कहा है करो।"

"नहीं। मैं ऐसा नहीं कर सकती।"

"नहीं, करना पड़ेगा।"

"नहीं। मैं हाथ जोड़ती हूं।"

"ओह।" अजय ने एक गिलास उठाया और सामने दीवार पर मारा। गिलास चकनाचूर हो गया। उसने दूसरा, तीसरा चोथा भी तोड़ डाला। कंवलसिंह भीतर आने लगा लेकिन दर-बाजे में रुक गया।

"यह भी दो, जो हाथ में है।" अजय ने ऊंचे स्वर में कहा और हाथ बढ़ाया।

"अब, बस कीजिए।"

"गिलास दो।"

रीता ने कांपते हाथों से गिलास बढ़ाया। अजय ने लिया और दीवार पर दे मारा।

"और हैं इसके साथ के?"

"जी नहीं।"

"कंवलसिंह, कमरा साफ कर दो। और तुम," वह रीता से सम्बोधित हुआ, "जाकर बोतल, गिलास और पानी लाओ। मूर्ख लड़की, मैं हर महीने तीन-चार सौ रुपए की शराब पी जाता हूं और यह एक रुपये के गिलास के लिए रो रही है।"

रीता चली गई।

कंवलसिंह फर्श साफ करने लगा।

अजय ने टाई की गांठ ढीली की और उसे उतारी। कोट उतारकर सोफे पर फेंक दिया।

रीता बोतल, गिलास और पानी ने आई।

"जाम बनायो।" अजय ने धीमे स्वर में कहा।

रीता ने कांपते हाथों से जाम बनाया, लेकिन उठाकर दे न सकी। अजय ने गिलास उठाया और खाली करके रख दिया।

"दूसरा।"

रीता ने फिर गिलास बना दिया। अजय ने उसे भी खाली कर दिया।

"और।"

रीता अजय के पांव के पास बैठ गई और उसके घुटनों में सिर रखकर रोने लगी। अजय उसके सिर पर हाथ फेरने लगा

कंवलसिंह ने तमाम टुकड़े समेट लिए थे और इन्हें लेकर कमरे से निकल गया।

अब किस बात पर रो रही हो? तुमने एक गिलास तोड़ा और मैंने पांच तोड़े, बोलो कौन जीता?" .

"ओह मेरे भगवान!"

अजय ने हाथों में उसका चेहरा उठाया।

"मैंने आज तुम्हें पहली बार इस तरह रोते देखा है।"

"कभी-कभी मैं यह सोचती हूं, यह सब स्वप्न है, और एक दिन यह सपना टूट जाएगा।"

"वह दिन कभी नहीं आएगा। अग्नि के गिर्द कुछ फेरे

और कुछ मन्त्र बन्धन नहीं पैदा कर सकते। सुना पगली!"

"एक बार फिर कहिए।"

"पगली लड़की।" अजय ने मुस्कराकर कहा, "उठो और मेरे पास बैठ जाओ। तुम्हारी जगह मेरे कदमों में नहीं है। जब मैं दुनिया से नहीं डरता, तुम्हें हर जगह, हर महफिल और हर पार्टी में साथ ले जाता हूं, तो तुम क्यों डरती हो? यह सपना नहीं, न था और न ही होगा।" उसने रीता को सहारा दिया। वह उठी और अजय ने उसे अपने पास बिठा लिया।

"सिगरेट पिलाओ।"

"कहां हैं?"

"कोट की जेब में।"

रीता उठी और उसने पैकेट और माचिस निकाले। उसके हाथ अभी तक कांप रहे थे।

"लाओ मुझे दो। मैं नहीं जानता था कि तुम इतनी डर-पोक हो। क्या आज तक किसी ने भी कभी तुम्हें कोई बेहूदा बात कही है?"

"जी नहीं।"

"फिर?" अजय ने सिगरेट सुलगाई। दो क्रश लेकर रीता के मुंह पर धुआं फेंक दिया, "इस दुनिया में जीना है और अपना दर्जा कायम रखना है तो अधिकार छीन लो। यह संसार कायरों और रोने वालों को जीवित नहीं रहने देता। तुम रीता हो। मैं तुम्हें केवल उसी रूप में देखना चाहता हूं, जो तुमने उस दिन ड्रामा देखते हुए दिखाया था। जो गलत बात कहे उसका मुंह तोड़ दो। जो गलत नजर डाले, उसकी आंख फोड़ दो। जो बुरी नीयत से तुम्हारे शरीर को छुए उसका हाथ तोड़ दो। अब गिलास बनाओ और रिकार्डप्लेयर पर रिकार्ड लगा दो।"

रीता ने गिलास बनाया और रिकार्डप्लेयर आन कर दिया। एल० पी० 33 का रिकार्ड था। छः गजलें थीं। वह आन करके अजय के पास बैठ गई। फिर उसने अपना सिर उसकी गोद में रखा और सोफे पर लेट गई।

रिकार्ड समाप्त होने तक अबय दो पैग और पी चुका था।

"आपने आधे घण्टे में आधी बोतल खाली कर दी है।" रीता ने कहा।

"कल और आ जाएगी।"

"कल ड्राई डे है।"

"ओह। तो कंवलसिंह से कहो कि जाकर दो बोतल ले आए। या रहने दो। मैं कल नया नावल शुरू कर रहा हूं।"

"प्रकाशक से झगड़ा किस बात पर हुआ है।"

"कुछ प्रकाशकों में झूठा अहं भरा हुआ है और मैं सहन नहीं कर सकता।"

"लेकिन लेखक प्रकाशक के विना जीवित नहीं रह सकता।"

"सब प्रकाशक ऐसे नहीं। मैं उनकी बात कर रहा हूं जो केवल कोठियां खरीदना जानते हैं। और लेखक को तुच्छ समझते हैं।"

"क्या अब भी कोई प्रकाशक आपके साथ ऐसा व्यवहार कर सकता है?"

"एक मूर्ख है। कभी फिल्मी गीत छापता था जिनकी कीमत एक आना प्रति पुस्तक होती थी। अब छः कोठियों और तीन कारों का मालिक है। अब उसकी बहू और बेटियां सोना नहीं हीरे के गहने पहनती हैं।"

"क्या उसका सौ का नोट एक सौ-एक में चलता है?"

"वह इसी भ्रम का शिकार है।"

इतने में घण्टी बज उठी।

"मैं देखती हूं।" कहकर रीता उठी।

"नहीं। तुम जाकर मुंह धो डालो। तुम्हारी आंखें रोने से अभी तक लाल हैं।"

रीता चली गई। और अजय ने कुण्डी खोली।

"भरे वीरेन्द्र तुम? आओ।"

वीरेन्द्र भीतर आ गया। वे बैठ गए तो अजय ने कंवलसिंह को पुकारा। जब वह आया तो उसे गिलास लाने को कहा।

"क्या हाल हैं?" अजय ने पूछा।

"वही।"

"भाभी कैसी हैं?".

"कुछ ठीक नहीं।"

"किसी अच्छे डाक्टर को दिखाया होता।"

इतने में रीता साड़ी बदलकर आई। बाल ठीक करके और चेहरे पर स्नो लगा कर वह लौटी थी।

"नमस्ती भाभी।" वीरेन्द्र ने कहा।

"नमस्ते भैया।"

तुम लोग इसे भाभी बनाकर छोडोगे।" अजय ने हंसकर कहा।

"अब तो दुनिया जानती है।"

"क्या इन लोगों को कोई परेशानी नहीं?".

"अपनी कमजोरियों और परेशानियों को छुपाने की खातिर तुम्हारी बातें करते हैं।"।

"अभी थके नहीं?"

"अब तो थक गए हैं। लेकिन इन लोगों का जीवन मरु-स्थल की भांति है। कोई वृक्ष नहीं। कोई साया नहीं। इसी लिए वह शीशमहलों पर पत्थर फेकते है!"

"मैं फिर कहती हूं कल ड्राई डे है।" रीता ने याद दिलाया।

"चिन्ता न करो। "मैं ऐसे कई अड्डे जानता हूं जहां व्हिस्की मिल सकती है।" अजय ने कहा।

"आपकी मर्जी।"

फिर अजय और वीरेन्द्र मार्किट की बातें करने लगे। बोतल खाली हो गई।

खाना तैयार है। रीता ने कहा।

"नहीं भाभी मै घर जा रहा हूं।"

"अब तो तुमने जे॰ जे॰ कालोनी छोड़ दी है," अजय ने मुस्कराकर कहा।

"हां, अच्छा , मैं चलता हूं।"

वीरेन्द्र चला गया।

"क्या बात है आज इन्होंने पैसे नहीं मांगे?"

"अब इसकी स्थिति सुधर गई है।"

"आइए खाना खा लें।"

"चलो सेक्रेटरी। सबकी भाभी।"

रीता मुस्करा दी।

बारह

जीवन बड़े सुख-चैन से व्यतीत हो रहा था। अजय की बहशत कम हो रही थी। वह अब रोज पीता था लेकिन एक हद तक। यदि बाहर कहीं बैठ जाता तो रीता को फोन कर देता कि वह खाना खा ले और प्रतीक्षा न करे।

ऋतु बदलती रही।

पत्रिकाओं के अतिरिक्त अब रेडियो से भी अजय के उपन्यासों पर आलोचना होने लगी। वह लखपति तो न बन सका था लेकिन दाल-रोटी मिल रही थी। और वह भी अच्छी। रहने को उसका अपना छोटा-सा मकान था। मां या भाई से जब से उसने घर छोड़ा था, भेंट न हुई थी और न ही वह उन्हें मिलने गया था।

"तबीयत तो ठीक है?" रीता ने बेचैन होकर पूछा।

"ठीक हूं।"

वह सोफे पर बैठ गया और सिगरेट पीता रहा। वह बेहद खामोश था। रीता समझ गई कि वह नावल के बारे में सोच रहा है। इसलिए वह एक पत्रिका पढ़ती रही।

आठ बज गए।

"रीता आओ खाना खा लें।"

"आज व्हिस्की नहीं पीनी है?"

"नहीं। आज काम करना है। और नावल समाप्त करना है।"

"मैं पता करती हूं कि खाना तैयार है या नहीं।" कहकर रीता खड़ी हो गई।

दो मिनट बाद लौट आई।

"पन्द्रह मिनट की देर है।"

"कोई बात नहीं।" कहकर वह विचारधारा में डूब गया।

खाने से निवृत्त होकर वह बेडरूम में चला गया। रीता ने कापी, पेन और दवात दे दी। लिबास बदलकर वह पलंग पर बैठा और उसने नावल लिखना शुरू कर दिया।

दस बजे रीता आई और पलंग पर लेट गई। अजय लिखता रहा। कमरे में केवल टेबललैम्प जल रहा था। रीता आधे घण्टे बाद सो गई।

समय बीतता रहा।

रीता मे करवट ली तो उसकी आंख खुल गई। अजय लिख रहा था।

"क्या बजा है?" रीता ने नींद में पूछा।"

"मालूम नहीं। तुम सो जाओ।"

रीता करवट बदलकर सो गई।

अजय लिखता रहा।

रीता की फिर आंख स्वन गई।

"अब क्या बजा है?"

"मालूम नहीं।"

"चाय बना दूं?"

"नहीं। तुम सो जाओ।"

रीता फिर सो गई। और अजय लिखने में व्यस्त हो गया। उसकी अंगुलियां थक गई थीं। लेकिन वह लिखता रहा।

इस बार रीता की आंख खुली तो वह उठ कर बैठ गई। वह अपने बेडरूम में गई उसने अपनी कलाई की घड़ी उठाकर देखा। सुबह के सवा चार बजे थे।

"चाय लाऊं?"

"ले आओ।"

रीता चाय बनाकर लाई और छोटी मेज पर प्याला रख दिया। अजय ने चाय का एक घूंट लिया और प्याला रख दिया। सिगरेट सुलगाई और लिखना शुरू कर दिया।

सुबह के साढ़े छः बजे उसने अन्तिम शब्द लिखा।

"समाप्त।" और कापी रख दी।

"समाप्त हो गया?"

"हुं।"

"चाय तो उसी तरह पड़ी है। ताजा बनाकर लाती हूं।" कहकर रीता चली गई।

चाय आई। अजय ने पी और बाथरूम चला गया। बाथ-रूम से आया तो रीता ने पूछा, "नाश्ता बना दू?"

"दो आधे उबल अण्ड और एक प्याला दूध दे दी।"

"जी। अभी लाई।"

नाश्ता सम्गप्त करके अजय ने कहा, "अब मैं सोने जा रहा हूं।

"मैं दरवाजा बन्द कर देती हूं।" रीता ने कहा और कापी उठाकर चली गई।

वह पृष्ठों पर नम्बर लगाने लगी। इस एक रात में अजय ने चौंसठ पृष्ठ लिखे थे। फिर वह नावल पढ़ने लगी।

अजय जागा तो ड्राइंगरूम में आ गया। रीता संज-धजकर बैठी थी।

"नींद आई?"

"बहुत गहरी। अब मैं स्नान करता हूं और तुम कंवलसिंह से कहो कि खाना लगा दे। मैं प्रकाशक के यंहा जा रहा हूं।"

"जी।"

मौसम सुहावना था। शाबरबाथ से अजय का शरीर ताजा हो गया। उसने बेडरूम में आकर देखा कि उसका लिबास पलंग पर पड़ा था। लिबास बदलकर डाइनिंगटेबल पर चला गया।

खाना सजा दिया गया था। रीता और अजय ने शख किया।

"मैंने नावल पढ़ लिया है।"

"अन्त ठीक है।"

"बहुत अच्छा। पढ़ने वाला रो पडेगा।"

"हूं।"

फिर कोई बात न हुई। खाना समाप्त करके अजय बेडरूम में गया। वह जुराब और जूते पहनने लगा।

"पांडुलिपि दे दो।"

"यह पड़ी है।"

अजय खड़ा हो गया। और कापी उठा ली रीता उसके पास खड़ी थी।

"इतना सैण्ट न लगाया करो। मुझे जुकाम हो जाएगा।"

रीता मुस्करा दी।

अजय ने हल्का-सा चुम्बन दिया और कमरे से ही नहीं घर से निकल गया।

रीता इधर-उधर घूमती रही। कभी तस्वीरें साफ करती, कभी सोफे के कपड़े ठीक करती। किसीने घण्टी का बटन दवाया।

रीता ने घड़ी देखी। पौने चार बजे थे अजय, इस समय आ न सकता था। उसने दरवाजा खोला तो एक महिला खड़ी थी। गुलाबी ग्राउंड पर काले फूल थे। हाथ में बैग था।

"अजय यहां रहता है?"

"जी हां।"

"मैं मिलना चाहती हूं।"

"वह तो इस समय घर पर नहीं हैं।"

"क्या मैं भीतर आ सकती हूं?"

"अवश्य?"

महिला भीतर आ गई। मेकअप और धूप के चश्मे के बावजूद उसके चेहरे पर आकर्षण नाम की कोई चीजन थी। वह सोफे पर बैठ गई। रीता उसके सामने बैठ गई।

"हूं। फर्नीचर बुरा नहीं।"

रीता चुप रही।

"मैं नहीं जानती थी कि यहां फोन भी है , मैंने अजय के कुछ नावल पढ़े हैं। कई बार मिलने की इच्छा भी पैदा हुई। लेकिन समय न मिला।" उसने कहा, "तुम कौन हो?"

"जी। मैं उनकी सेक्रेटरी हूं।"

"सेक्रेटरी?"

"जी हां।"

"ओह!" कहकर उसने बंग खोला और सिगरेट का पैकेट और लाइटर निकाला, "सिगरेट?"

"जी नहीं, धन्यवाद। मैं पीती नहीं।"

"अजीब बात है।" कहकर उसने सिगरेट को सुलगाया और गहरा क्रश लेकर धुआं छोड़ दिया, "तो तुम अजय को सेक्रेटरी हो?"

"जी हां।"

"टाईप राईटर और शार्टहैंड नोटबुक कहां हैं?" उसने कटाक्ष किया।

"क्या आप कुछ लिखवाना चाहती हैं?"

"नहीं। यह काम अजय का है। कब से नौकर हो?"

"साढ़े तीन वर्ष हो गए।"

"क्या वेतन मिलता है?"

"तीन सौ मासिक।"

"काम का कौन-सा समय है?"

"सुबह दस से रात नो बजे तक।" रीता का स्वर कठोर हो गया। उसे यह महिला पसन्द न आई थी।

"रहती कहां हो?"

"इसी घर में।"

"कितने बेडरूम हैं?"

"दो।"

"बहुत खूब। किराया कितना है?"

"यह उनका अपना मकान है।"

"और तुम सेक्रेटरी हो?"

"जी हां।"

"तो रखैल को अंग्रेजी भाषा में सेक्रेटरी कहते हैं।" कहकर महिला ने सिगरेट का कश लिया।

"आप अपना परिचय दे सकती हैं?"

"अजय को यदि कुछ हजार लोग जानते हैं तो मुझे भी कुछ सौ आदमी जानते हैं।"

"महिलाएं नहीं।"

"नहीं"

"यानी आप कालगर्ल हैं।"

"शट अप।"

"जी। गलती हो गई।" रीता ने मुस्कराकर कहा, "आपका शुभ नाम क्या है?"

"मैं अजय की रजी हैं।"

"तो आप हैं रजनी देवी। आपसे मिलने की तो मेरी बहुत बड़ी तमन्ना थी।" रीता ने मुंह बनाकर कहा, "क्या पीएंगी। ठंडा या गर्म या तल्ख?"

"तल्ख से तात्पर्य? व्हिस्की है?"

"घर में नहीं है।"

"क्या अजय पीता नहीं। वह शराब और शवाब के लिए बेहद बदनाम है। मैंने तो उसकी दर्जनों कहानियां सुनी हैं।"

"कालगर्ल्ज से?"

"शट अप।"

"आप केवल इतनी अंग्रेजी जानती है।"

"मैं एक जर्मन फर्म में एक हजार रुपया मासिक कमा रही हूं।

"अवश्य कमाती होंगी। इसके अतिरिक्त अन्धेरा छा जाने पर आप अकेली हो जाती होंगी। और एकान्त का भूत इन्सान को बहुत परेशान करता है। फिल्मी अभिनेत्रियां जब आयु से ढल जाती हैं यानी पैंतीस वर्ष की हो जाती हैं और उनका चाहने वाला कोई नहीं रहता तो वह भी एकान्त के भूत से बहुत घब राती हैं। आपकी भी वही हालत है।" रीता ने कहा।

"तुम भी उपन्यासकार हो?"

"मेरे ऐसे भाग्य कहां? हां उपन्यासकार के साथ रहती हूं।

"भाग्यशालिनी हो।"

"वैसे मेरी जगह आपको होना चाहिए था।"

"मुझे न नावलों से दिलचस्पी है न उपन्यासकारों से। मैं आधे पागल लेखकों से दूर रहती हूं।"

"आप पूरे पागलों को पसन्द करती हैं, जो शराब पीकर दानव बन जाते हैं?"

"तमीज नाम की भी कोई चीज होती है।"

"जी हां। शरीफ इन्सानों से मैं तमीज से ही पेश आती हूं।"

"जैसे मेरे साथ आ रही हो?"

"आपकी तो बात ही और है। अच्छा मैं आपको क्या सेवा कर सकती हूं।"

"मुझे तुम्हारी नहीं, अजय की सेवाएं चाहिए।"

"आज्ञा दीजिए।"

"मैं डिस्टेम्पर कराना चाहती हूं।"

"वह तो आपके चेहरे पर हो रहा है।"

"तो इस मेकअप को तुम डिस्टैम्पर कहती हो?"

"मुझे आता जो नहीं।"

"मुझे अपने फ्लैट का डिस्टैम्पर कराना है।"

"और अजय साहब की जरूरत क्यों आन पड़ी?"

"क्या तुम नहीं जानती? आज से कई वर्ष पूर्व अजय कोठियों में डिस्टैम्पर, पेण्ट और वारनिश किया करता था। उन दिनों पांच रुपये प्रतिदिन लेता था। अब क्या रेट है?" रजनी ने मुस्कराकर कहा।

"आपका फ्लैट वह मुफ्त में कर देंगे।"

"तो तुम उन्हें भेज़ दोगी?"

"जी हां। आप अपना पता छोड़ जाइए।"

"लिख लो।"

"अभी लीजिए।" कहकर रीता उठी और फोन के पास पड़ी नोट बुक और पेंसिल उठा लाई, "फरमाइए।"

रजनी ने पता लिखवाया।

"फोन नम्बर क्या है?"

"फोन नहीं है।"

"आश्चर्य है। जर्मन फर्म में काम करने वाली और एक हजार रुपया मासिक कमाने वाली हस्ती के पास फोन नहीं! फिर शाम को आपके मित्र आपको संदेश कैसे पहुंचाते होंगे?"

"तुम बदतमीज हो।"

"किसी सीमा तक। यह सैण्डल नया है। मजबूत है और इसकी एड़ी में थोड़ा-सा लोहा भी है। रीता ने पांव ऊपर किया।

"तुम मेरा अपमान कर रही हो?"

"छोटी-सी बात समझने में बापने बड़ी देर लगाई।" रीता ने मुस्कराकर कहा।

"खेर। मैं तुम्हें भी देख लूंगी।" कहकर रजनी ने सिगरेट बुझा दी। यह उसकी तीसरी सिगरेट थी।

"क्या अब नहीं देख रही हैं?"

"तुम पछताओगी।"

"देखा जाएगा।"

रजनी उठ खड़ी हुई।

"कुछ पीजिएगा नहीं। गर्म। ठंडा?"

"शट अप।" रजनी ने कहा और दरवाजा खोलकर चली गई।

रीता सोफे पर बैठी थी। उसे पहले जोश आया तो बाद में क्रोध बन गया। उसका मूड काफी खराब हो गया था। अजय ने उसकी इज्जत बनाई थी और आज पहली बार किसीने उसे गाली दी थी। रजनी के शब्द उसके मस्तिष्क में उभर रहे थे।

'तो रखैल को अंग्रेजी में सेक्रेटरी कहते हैं।'

सोचते-सोचते उसकी आँखों में आंसू आ गए।

एक घण्टे बाद अजय आ गया।

"आज फिर तुम्हारी आंखें सुर्ख हैं। क्या रोती रही हो?"

रीता अजय से लिपट गई और रोने लगी।

"क्या हुआ?"

"बहुत लम्बी कहानी है।"

"रोना बन्द करो और बताओ क्या हुआ?" कहकर अजय सोफे पर बैठ गया।

"आज रजनी आई थी?"

"वह?"

"हां।"

"क्या कहा उसने?"

रीता ने मारी बात सुना दी। अजय ने उसे टोका नहीं।

जब वह सुना चुकी तो अजय ने दीर्घ निःश्वास लिया।

"मैंने जो कहा है आवेश में कहा है! आप क्षमा कर दें।"

"उसने अपना पता दिया है?"

"जी हां।"

"टेलीफोन है।"

"नहीं।"

"खैर। तुम रोना बन्द कर दो। मैं तुम्हें उस जगह पर ले आया हूं जहां हर कोई तुम्हारी इज्जत करता है। एक आवारा और कुलटा स्त्री की बात का बुरा नहीं मानते। मैं आज से अपने नाम से रजी खत्म कर दूंगा। मेरा विचार है वह प्रेम न था जवानी का जोश था।"

"आप नाराज तो नहीं?"

"बिल्कुल नहीं! और इस बात को दिमाग से निकाल दो।"

"आप, आप इन्सान नहीं देवता हैं।"

"जाओ। व्हिस्की लाओ।"

रीता उठकर चली गई।

तेरह

अजय ने कई बार सोचा कि वह रजनी से मिले। लेकिन हर बार उसके मस्तिष्क में एक बात आती कि कीचड़ में पांव मारने से अपने ही चेहरे पर छींटे आते हैं। और वह कीचड़ से दूर रहना चाहता था।

समय व्यतीत होता रहा।

कुछ मास बीत गए।

एक दिन सुबह दस बजे वीरेन्द्र आ गया। उसका चेहरा उतरा हुआ था।

"कुशल तो है?" अजय ने पूछा।

"अजय। तुम्हारी भाभी चल बसी।"

"क्या?"

"हो।"

रीता भी आ गई।

"कब और कैसे हुआ?"

"सुबह ठीक थी। चाय और नाश्ता बनाया मुन्ने को नह-

लाया। नौ बजे वह मेरे पास आई। कहने लगी, मेरी तबीयत ठीक नहीं। मैंने कहा डाँक्टर के पास चलते हैं।"

कहने लगी, "समय नहीं। यदि मुझसे कोई गलती हो गई तो क्षमा कर दीजिएगा।" इतना कहकर उसने उल्टी कर दी। और वह खून था। वह चारपाई पर गिर पड़ी। मैंने उसे पुकारा। हिलाया। फिर डाक्टर को बुलाकर लाया। उसने कहा कि वह प्राण त्याग चुकी है।"

"मुन्ना कहां है?"

"वह वहीं है।"

"शव के पास कौन है?"

"मालिक मकान की पत्नी।"

"मैं अभी चलता हूं।"

"मैं अपनी बहन को बुलाने जा रहा हूं।"

"जाओ।"

वीरेन्द्र चला गया।

अजय ने उन चार पांच प्रकाशकों को फोन किया जो उसकी किताबें छापा करते थे।

"अच्छा रीता। मैं जा रहा हूं। मुझे दो सौ रुपये दे दो। शायद आवश्यकता पड़े।"

"मैं भी चलती हूं।"

"तुम क्या करोगी?"

"उसे नहलाना होगा।"

"नहीं। तुम यहीं रहो।"

रीता पैसे ले आई। अजय चला गया।

वह वीरेन्द्र के घर पहुंचा तो देखा कि शव भीतर कमरे में पड़ा था। और मालिक मकान की पत्नी बरामदे में बैठी थीं; जबकि शव को अकेला नहीं छोड़ते। पड़ोस से भी कोई न था। केवल मुन्ना रो रहा था और कोई न था।

अजय ने गहरी सांस ली। आधे घण्टे बाद लोग आना शुरू हो गए। यदि जे॰ जे॰ कालोनी होती तो इस समय दो सौ स्त्री पुरुष जमा हो जाते।

अजय उनसे बातें करने लगा।

"कुछ दिन की बात है। मरने वाली कह रही थी कि यहां आने से आराम मिला है। जे० जे० कालोनी में केवल एक कमरा था। यदि कोई मिलने आ जाता तो उसे एक कोने में बैठना पड़ता। जब वह चला जाता तो दरवाजे को कुंडी लगाकर वह स्नान कर पाती थी। टट्टी सरकारी थी। और पर्दा कोई न था। पचास घरों के लिए एक सरकारी नल था जहां हर रोज झगड़ा होता था।खर! भगवान को यही स्वीकार था।"

"अच्छा मैं अभी आता हूं।" कहकर अजय चला गया।

एक कपड़े वाले की दुकान खुली थी। इसने कफन का कपड़ा खरीदा। उससे पूछा कि अरथी कहां से मिलेगी। दुकानदार ने बता दिया।

अजय ने अरथी खरीदी। और कफन लेकर वीरेन्द्र के घर पहुंचा।

"वीरेन्द्र आया?" अजय ने एक से पूछा।

नहीं।

"साढ़े बारह बज गए हैं। आखिर कहां रह गया?"

फिर बातें होने लगीं।

तीन बजे वीरेन्द्र आया। वह अकेला था।

"बहन नहीं आई?"

"नहीं।"

"इसे स्नान कौन कराएगा?"

वीरेन्द्र ने मालिक मकान की पत्नी से कहा।

"जी। मुझे तो डर लगता है।" उसने उत्तर दिया।

"काश मैं रीता को ले आता।" अजय ने कहा।

"खैर। कोई बात नहीं। हम इसी हालत में पानी डाल देते हैं।"

अजय ने गुसलखाने से वाल्टी उठाई। और हैडपम्प से पानी भरा और उसे नहला दिया। वीरेन्द्र केवल देख रहा था।

अजय ने अकेले ही लाश को कफन पहनाया और अकेला उठाकर बरामदे में लाया और अरथी पर डाल दिया। फिर

रस्सी से बांधना शुरू कर दिया। कुछ वीरेन्द्र के समवयस्क लेखक भी आ गए थे।

लगभग तेरह-चौदह व्यक्ति हो गए थे। श्मशान एक किलोमीटर से अधिक दूर न था। थोड़े से लोगों ने अरथी को कन्धा दिया।

फिर भी संसार में कोई काम नहीं रुकता।

लकड़ियां खरीदी गईं और अजय ने पैसे दिए। 'वह घी और नया घड़ा तक न लाए थे। अन्य सामग्री भी नहीं थी।

खैर। पण्डित ने कुछ मंत्र पढ़ें। चिता तैयार हुई। और लाश को चिता पर लिटा दिया। वीरेन्द्र ने फूस को जलाया और चिता के गिर्द तीन चक्कर लगाए और फिर चिता जलने लगी।

एक कहानी समाप्त हो गई।

वह लौट रहे थे तो एक छोटे लेखक ने अजय से कहा, "यह प्रकाशक आपकी बात ठुकरा नहीं सकते। आप इनसे कहें कि वीरेन्द्र को कुछ रुपया दे दें। आखिर क्रिया भी तो करनी है।

"बेहतर। अजय ने पांचों प्रकाशकों को रोक लिया और कहा, "क्या आप लोग वीरेन्द्र की आर्थिक रूप से सहायता कर सकते हैं?

"कितनी? एक प्रकाशक ने कहा।

जो आप उचित समझ। वैसे मैं सौ रुपये दे रहा हूं। मिस्टर केवल। यह आप रख लें। और कोई देना चाहे तो इन्हें ही दे दें।" अजय ने कहा।

"हम सब सौ-सौ रुपये दे देंगे।" एक प्रकाशक ने कहा।

"धन्यवाद।

वह चल पड़े।

आखिर घर आ गया। हर किसी ने हाथ जोड़कर वीरेन्द्र से आज्ञा मांगी और एक-एक करके चले गए।

केवल अजय रहा गया।

अजय ने वीरन्द्र को बता दिया कि क्रिया के लिए कुछ रुपया जमा हो गया है। और मिस्टर केवल तुम्हें दे देंगे।"

"मैं परसों फूल लेकर हरिद्वार जा रहा हूं और क्रिया गांव सें होगी।"

"ठीक है।"

"आपने तमाम दिन में कुछ खाया भी नहीं।"

"तुमने खाया हैं?"

"मुझे तो भूख ही नहीं।"

"खैर। हिम्मत से काम लो। मुन्ने का क्या करोगे?"

"गांव में दादी के पास छोड़ आऊंगा।"

"अच्छा। अब मैं चलता हूं। यह बिस्तरा जमादारनी को दे देना। और रात को यहां दिया जला देना।"

"जी।"

"पैसे की जरूरत हो तो···।"

"मैं जानता हूं।"

"अच्छा।"

"धन्यवाद।"

"इसकी जरूरत नहीं।" कहकर अजय चल दिया। वह बड़ी सड़क पर आया और सौभाग्य से उसे स्कूटर मिल गया।

स्कूटर की आवाज और रुकने की आवाज सुनकर रीता ने दरवाजा खोल दिया।

अजय बिल चुका कर घर में प्रविष्ट हुआ।

"सारा दिन लग गया?"

"तुम ठीक कहती थीं। सचमुच मुझे तुम्हें ले जाना चाहिए था। वहां केवल एक स्त्री थी और शव को नहलाने से डरती थी।"

"फिर?"

"मैंने ही सब कुछ किया।"

"अब आप स्नान कर लें। और कपड़े बदल लें। मैं चाय तैयार करती हैं."

'नहीं। मैं व्हिस्की पीऊंगा।" कहकर वह बाथरूम में चला गया।

स्नान के बाद उसने कपड़े बदले जो रीता ने पलंग पर रख दिए थे। नई पोशाक पहन कर वह ड्राइंगरूम में गया।

रीता बैठी थी। मेज पर बोतल, गिलास और पानी पड़ा था।

दो पंग के बाद अजय भाभी की बातें करने लगा। किस तरह भाई ने उसे घर से निकाल दिया था। और किस तरह वीरेन्द्र ने उसे शरण दी थी। जब वह डिस्टैम्पर करने जाते तो वह इनका खाना तयार करके दे देती।

"आप भावुक न बनें। कोई और बात कीजिए।" रीता ने कहा।

सचमुच मौत का कोई भरोसा नहीं।" अजय ने कहा। और डबल पैग डाला। आधी बोतल खाली हो गई तो अजय का मूड बदल गया।

चौदह

जीवन समतल और सपाट था।

इन कुछ वर्षों में कोई नई बात न हुई थी। वीरेन्द्र ने अपनी साली से शादी कर ली थी।

एक रात अजय और रीता लेटे हुए थे!

"आप चुप क्यों हैं?"

"यूं ही।"

"उपन्यास का प्लाट सोच रहे हैं?"

"इसके अतिरिक्त क्या कर सकता हूं?"

"मेरी एक अभिलाषा थी या समझ लीजिए कि है।"

"कहो।"

"मैं मां बनना चाहती हूं।"

अजय ने उत्तर न दिया।

"आप किस सोच में खो गए?"

"कुछ नहीं।"

"मैं गलत बात कह दी?"

"रीता। जीवन में हर अभिलाषा पूरी नहीं हो सकती। और भविष्य में कभी ऐसी बात न करना।"

"जी।" रीता ने एक ठंडी सांस ली। जैसे उसका दिल

टूट गया हो और यह उसकी आवाज हो।

समय फिर बीतने लगा।

एक दिन रौता ने कहा, "मैं पिछले कुछ दिनों से एक बात कहना चाहती हूं, लेकिन कहने की हिम्मत नहीं पा रही हूं।"

"तुम जानती हो कि मैं तुम्हारी हर बात मान लेता हूं।"

"आपको एक मास से अधिक हो गया है बहुत कम खा रहे हैं।" रीता ने डरते-डरते कहा।

"मैंने ध्यान नहीं दिया।"

"आप शराब भी पहले से अधिक पीने लगे हैं।" रीता ने डरते-डरते कहा, "किसी डाक्टर से मिलिए।"

"डाक्टर क्या करेंगे?" अजय ने मुस्कराकर कहा।

"लेकिन यह भी तो ठीक नहीं है। आप दिन में केवल एक चपाती खाते हैं और रात को वह भी नहीं। मैं जिद करती हूं तो सूप पी लेते हैं।"

"ऐसी घबराने की बात नहीं। नावल का प्लाट ही कुछ ऐसा है कि मैं·········

"मैं साथ चलती हूं। शहर में एक से अच्छा एक डाक्टर है।"

"लेकिन इसकी क्या जरूरत है?"

"मैं चाहती हूं।"

"अभी समय नहीं आया।"

"और मुझे शक है कि आपका जिगर ठीक काम नहीं कर रहा है।" रीता ने कह ही दिया।

"जिगर? अजय हस दिया, "यह विचारा भी मेरी तरह अकेला है?"

"अब किस बात की कमी है? पर्याप्त आय है। अपना मकान है। फरनीचर हैं। रेडियोग्राम है। टेलीविजन है। फ्रिज है। और फिर मैं हूँ। फिर अकेले क्यों?"

"तुम पगली हो। तुम नहीं समझ सकती।" अजय ने मुस्कराकर उसका चेहरा हाथों में ले लिया।"

"तुम बहुत छोटे दिल की मालिक हो। चिन्ता न करो में ठीक हूं।"

रीता की आंखों से आंसू निकल पड़े, फिर वायदा कीजिए

कि आप डाक्टर के पास चलेंगे।"

"जब आवश्यकता पड़ेगी तो जरूर चलूंगा और रीता यह आंसू बहाने के लिए नहीं। तुमने तो जीवन में बहुत दुःख देखे हैं। तुम तो बहुत बहादुर हो।"

"अब आप मेरी बात टाल रहे हैं।"

"अच्छा। रोना बन्द करो।"

"तो आप चलेंगे?"

"कह दिया जब आवश्यकता पड़ेगी।"

"लेकिन मैं अपना संदेह दूर करना चाहती हूं।"

"तुम्हें यहां आए कितने वर्ष हो गए?"

"नौ।"

"नो वर्ष। ओह । समय यानी अच्छे दिन पर लगाकर उड़ जाते हैं। और बुरे दिन काटे नहीं कटते।"

"फिर आप चलेंगे?"

"रीता कोई और बात करो। देखो आज मैंने केवल दो पैग पीये हैं।"

रीता ने उत्तर में कुछ आंसू बेकार किए। अजय ने उसे बाहों में ले लिया और अपना सिर उसके सीने पर रख दिया।

कुछ दिन और बीत गए।

एक शाम अजय पी रहा था। और रीता बन-संवरकर रेडियोग्राम पर रिकार्ड लगा रही थी। अचानक अजय ने कहा, "रीता।"

"जी।"

"आज खाना बाहर खाएंगे।"

"इस समय सवा आठ बजे हैं। कंगलसिंह ने तैयार कर लिया होगा।" रीता ने कहा।

"वह फ्रिज में रख दो। सुबह खा लेंगे। आओ चलें।"

"इसी समय?"

"हां"

रीता ने बोतल देखी। वह आधी से अधिक खाली थी।

"मैं तैयार हूं।"

"तो कंवलसिंह से कह दो, वह टैक्सी ले आए।"

"नहीं। हम स्टैंड से ले लेंगे।" अजय बहुत खुश नजर आ रहा था।

रीता ने रेडियोग्राम बन्द किया। कंवलसिंह से कहा और वह घर से निकल खड़े हुए। स्टैंड से उन्होंने टैक्सी ली।

"कहां साहब?" ड्राइवर ने पूछा।

अजय ने फाइव-स्टार होटल का नाम बता दिया।

"आज एकाएक मूड कैसे बदल गया!"

"कुछ दिनों से दिल डूबा-डूबा रहता है।"

"ओह।"

"फिर वही सैण्ट।"

"यह मेरी कमजोरी है।"

"लेकिन कम लगाया करो।"

"कोशिश तो करती हैं लेकिन······।

"होटल में तीन रेस्टोरेंट हैं। आज मुगलाई खाना खाएंगे।" :

"आप जो ठीक समझें।"

टैक्सी दौड़ती रही। वह जुड़कर बैठे थे और अपने-अपने विचारों में खोए हुए थे।

होटल आ गया। दरबान ने दरवाजा खोला। वह नीचे उतरे। रीता ने बिल चुकाया।

छ:-मंजिला होटल एयरकंडीशण्ड था। वह चौथी मंजिल पर लिफ्ट से चले गए।

भीड़ अधिक न थी। वह एक मेज के गिर्द बैठ गए। वेटर आया। उसने मीनू बढ़ाया "रीता। तुम आर्डर दोगी?""

"नहीं। आपकी पसन्द।"

"बेहतर।" और अजय ने आर्डर दे दिया। वेटर चला गया तो अजय बोला, "रीता।"

"जी "

"कुछ वर्ष हुए तुमने कहा था कि तुम मां बनना चाहती हो?"

"आपको याद है?"

"आज वह रात है।"

'ओह।" रीता ने सिर झुका लिया।

वेटर सूप ले आया।

उन्होंने सूप खत्म किया। वह डोंगे ले गया और नान और मुगलाई चिकन ले आया। उसके साथ छोटे-छोटे और गोल प्याज थे जो सिरके में भीगे हुए थे।

'साहब, अचार लाऊं?"

"हां।" रीता ने कहा।

खाना शुरू हुआ। रीता आज पेट-भर कर खाना चाहती थी। वह खुशी से नाचना चाहती थी, लेकिन नाच न सकती थी। वेटर आया।

अचानक अजय ने दृष्टि उठाकर उसे देखा। उसके सीने पर बैज था, जिस पर होटल का नाम और उसका नम्बर था।

"चालीस।" अजय चौंक पड़ा।

वेटर चला गया।

"आपने हाथ क्यों रोक लिया?" रीता ने कहा।

"कुछ नहीं रीता। मुझे एक काम याद आ गया। मैं जा रहा हूं। तुम खाना खाकर घर चली जाना।"

"और आप?"

"मैं आ जाऊंगा।" अजय ने नैपकिन से हाथ साफ किए।

"क्या और पीना है? यहां मिल सकती है?"

"नहीं। तुम चिन्ता न करना। मैं अधिक देर नहीं लगाऊंगा।" अजय ने पेंट की जेब में हाथ डाला। लगभग सौ रुपये थे, "अच्छा रीता मेरी प्रतीक्षा घर पर करना।" कहकर अजय तेजी से चला गया।

रीता ऐसी हरकतों की आदी हो चुकी थी। लेकिन अजय को आज की रात ऐसा न करना चाहिए था। उसकी भूख खत्म हो गई। बेटर आया।

"साहब कहां गए?"

"बिल ले आओ।"

"लेकिन आपने तो कुछ खाया ही नहीं।"

"बिल ले आओ।" रीता रोना चाहती थी।

अजय ने, होटल से निकलकर दरबान को टैक्सी के लिए

हुक्म दिया। दरबान ने माइक पर कहा :

"एक टैक्सी।"

दो मिनट में टैक्सी आ गई। अजय बैठ गया। उसने मंजिल बता दी।

शहर खत्म हो गया। अब सुनसान और वीरान इलाका था। कोई आबादी न थी। और कोई रोशनी न थी।

"दायें हाथ की सड़क पर।"

वह सड़क न थी। वल्कि कच्चा रास्ता था और गड्ढे थे। दो सौ मीटर जाने के बाद एक मन्दिर आ गया।

"बस, यहां रोक दो। मैं अभी आ रहा हूं।" कहकर अजय टैक्सी से उतर गया। उसने जूते टैक्सी में ही उतार दिए थे।

दूर व पास से कोई आवाज न आ रही थी। मंदिर का दरवाजा खुला था। मंदिर के भीतर बिजली की रोशनी थी। वह मूर्ति की ओर बढ़ा। उसने झुककर प्रणाम किया और एक ओर चल दिया जहां कुछ कोठरियां थीं।

एक कोठरी में धीमी रोशनी थी। और एक महात्मा जिनके सिर के बाल बर्फ की भांति सफेद थे और दाढ़ी भी बर्फ की भांति सफेद थी,बैठे थे।

"प्रभु, मैं आ गया हूं।" कहकर अजय भीतर गया। उसने महात्मा के पांव को हाथ लगाया और बैठ गया।

"कौन, तुम?"

"हां प्रभु।"

"आठ वर्ष बाद आए?"

"जी।"

"कहो।"

"प्रभु, मैं छ: दिन बाद चालीस वर्ष का हो जाऊंगा।"

"ओह।"

"अब क्या आज्ञा है?"

"जीवन में वह सब कुछ मिला जो चाहिए था?"

"आपके आशीर्वाद से।"

"कोई इच्छा शेष है?"

"जी नहीं।"

"तो तैयार हो?"

"जी प्रभु।"

"तुम्हारा जिगर खत्म हो गया है। और पेट में फोड़ा है।"

"शायद।"

"छः दिन बाद पूर्णमासी है।"

"जी।"

"वह रात।"

"अच्छा प्रभु।"

"फिर ठीक है।"

"प्रभु।"

"कहो।"

"वह रुद्राक्ष उतार दूं?"

"पहने रखो। सफर आसान होगा।"

"अच्छा प्रभु। अब आज्ञा है?"

"वह मंत्र याद है?"

"जी।"

"उसका जाप करना।"

"जी।"

"शादी की?"

"जी नहीं।"

"लेकिन निशानी छोड़ जाओगे?"

"जैसा आप कहें।"

"अब जाओ। वह प्रतीक्षा कर रही है और रो रही है।"

"अच्छा प्रभु।" अजय ने महात्मा के पांव को हाथ लगाया और मन्दिर के बाहर आ गया।

टैक्सी में बैठकर उसने घर का पता दिया।

आधे घण्टे में वह घर पहुंच गया। रीता उसकी प्रतीक्षा कर रही थी।

"आप मन्दिर गए थे?"

"हां।"।

"तो मुझे भी ले चलते।"

"फिर कभी ले जाऊंगा। व्हिस्की दो। बहुत प्यास लगी है।"

"अभी लाई।" रीता ने आंसू साफ किए।

अजय ने पन्द्रह मिनट में तीन पैग पी डाले।

"आज दीवार गिरा दो।" कहकर अजय ने तकिये के नीचे से एक छोटा-सा पैकेट निकाला और पलंग के नीचे फेंक दिया।

रीता मुस्करा दी।

अगले तीन दिन यूं थे जैसे वह हनीमून मना रहे हो। खाना भी कमरे में मंगा लेते। और कंवलसिंह को कह दिया कि कोई मिलने आए तो कह देना साहब घर पर नहीं, और फोन भी तुम ही सुनना।

वे बन्द कमरे में जैसे कैद हो गए।

चौथे दिन सुबह अजय स्नान से निवृत्त हुआ और बाल संवारने लगा तो अचानक उसे चक्कर आया। उसकी आंखों के आगे अंधेरा छा गया। रीता पलंग पर बैठी थी। अजय ने स्वयं को सम्हालने की कोशिश की लेकिन वह असफल रहा और फर्श पर गिर पड़ा।

रीता पलंग से कूद पड़ी। उसके शरीर पर पूरे कपड़े भी न थे।

अजय। अजय।" उसने अजय को झंझोड़ा।

लेकिन अजय बेसुध हो गया था।

रीता घबरा गई। उसने चादर से अपना शरीर ढांपा और दरवाजा खोलकर कंवल सिंह को पुकारा। कंवलसिंह आया।

"कंवलसिंह। तुम्हारे साहब...।" रीता रोने लगी।

"घबराइए नहीं।" कहकर वह भीतर आया। और उसने अजय को उठाकर पलंग पर डाल दिया। "मैं अभी डाक्टर को लाता हूं।"

"फोरन जाओ।"

कंवलसिंह चला गया। रीता ने जल्दी से पोशाक पहनी और अजय के पांवों पर कपड़े से मालिश करने लगी। फिर फ्रिज से ठंडा पानी लाई और माथे पर रूमाल भिगोकर रखने लगी। वह रो रही थी और सोच रही थी, कंवलसिंह ने इतनी देर क्यों लगा दी।

आखिर बीस मिनट बाद जो एक वर्ष बन गया था, कंवल सिंह डाक्टर के साथ आया।

"डाक्टर साहब—।" रीता सिसकियां लेने लगी।

"घबराइए नहीं।" डाक्टर ने जांच शुरू की। उसने ब्लड-प्रेशर देखा। रीता और कंवलसिंह सांस रोके खड़े थे।

दस मिनट बाद डाक्टर ने कहा, "इन्हें फौरन अस्पताल ले जाइए।"

"क्या।" रीता कुछ कहना चाहती थी लेकिन कह न सकी। डाक्टर ने अपना बैग संभाला, "आपकी फीस?"

"आ जाएगी।"

"क्यों स्थिति गंभीर है?"

"घबराने की बात नहीं। बस आप अस्पताल ले जाइए।" डाक्टर ने कहा और चला गया।

"कंवलसिंह टैक्सी लाओ।"

"जी।"

पांच मिनट में टैक्सी आ गई।

कंवलसिंह ने अजय को उठाकर टैक्सी में डाला। घर का ताला लगाया और अगली सीट पर बैठ गया।

रास्ते में कोई बात न हुई।

अस्पताल आ गया। रीता उतरकर भीतर गई। चार-पांच डाक्टर बैठे थे, "डाक्टर साहब स्ट्रेचर···।"

एक सीनियर डाक्टर ने आदेश दिया। और अजय को भीतर ले आए।

"आप बाहर बैठ जाइए।" सीनियर डाक्टर ने कहा।

रीता और कंवलसिंह बाहर चले गए। डाक्टरों ने जांच शुरू की। ई० सी० जी० लिया गया है। ब्लडप्रेशर देखा गया। और सीनियर डाक्टर ने आदेश दिया कि आक्सीजन दे दो।

वह बाहर आया तो रीता बेचैनी से टहल रही थी।

"यह क्या काम करते हैं?" सीनियर डाक्टर ने पूछा।

यह मशहूर उपन्यासकार मिस्टर अजय हैं।

"ओह। मैंने नाम सुना है।"

"डाक्टर साहब, क्या हालत है?"

"इलाज हो रहा है। क्या शराब बहुत पीते थे?"

"जी हां।"

"खैर। दो-तीन घण्टे में होश आ जाएगा इसके बाद बाकी जांच और टेस्ट होगा। कल ऐक्स-रे लिए जाएंगे। अब आपके करने के लिए कुछ नहीं। आप घर जा सकती हैं। शाम चार से छ: बजे तक मिलने वाले आ सकते हैं।"

रीता बहुत कुछ कहना चाहती थी। लेकिन उसे शब्द न मिल रहे थे।

आखिर वह जाने पर विवश हो गई।

उस दिन रीता ने कुछ न खाया। वह केवल रोती रही। कंबलसिंह उसे ढाढ़स देता रहा लेकिन यह निरर्थक था।

बड़ी मुश्किल से साढ़े तीन बजे और वह टैक्सी लेकर अस्पताल पहुंचे। उसी सीनियर डाक्टर से मिले।

"चिन्ता की तो बात नहीं?"

"नहीं।"

"हुआ क्या है?"

"जिगर की हालत ठीक नहीं। मेरा विचार है पेट में फोड़ा भी है। सबसे सीनियर फिजीशियन ने भी परीक्षण किया है। कल फेफड़ों का ऐक्स-रे लिया जाएगा।"

"हम मिल सकते हैं?"

"अवश्य।"

"वार्ड किधर है?"

डाक्टर ने अर्दली को बुलाया और उसे आदेश दिया कि इन्हें अजय के पास ले जाओ।

पहली मंजिल पर सैर्जिकल वार्ड था। दूसरी मंजिल पर मेडिकल वार्ड था।

अर्दली के साथ वह अजय के पलंग के पास पहुंचे। अजय आंखें बन्द किए लेटा हुआ था। रीता ने धीरे से अजय के माथे पर हाथ रखा तो उसने आंखें खोल दी। रीता और कंवलसिंह को देखकर मुस्करा दिया।

रीता रो पड़ी।

"ऐ पगली लड़की। राती क्यों हो?"

"मैं कहती थी कि आप डाक्टर से मिल लें।"

"चिन्ता न करो। मैं ठीक हो जाऊंगा।"

रीता पलंग पर बैठ गई।

इतने में नर्स आई और उसने इंजेक्शन लगा दिया।

"यह मशहूर उपन्यासकार अजय हैं?" नर्स ने पूछा।

"जी हां।"

"मैंने इनके नावल पढ़े हैं।"

"मैं कल कुछ नावल लाऊंगी। इनका ध्यान रखना।"

"आप चिन्ता न करें।" कहकर नसं चली गई।

"रीता"

"जी।"

"कल मेरी चेकबुक ले आना। शायद पैसे की जरूरत पड़े। और हां एडवोकेट मल्लिक से फोन पर कहना कि मुझे कल शाम साढ़े पांच बजे मिलने आएं। वीरेन्द्र को भी सूचित कर देना।"

"जी।"

"किसी प्रकाशक को न बताना कि मैं अस्पताल में हूं।"

"जी।"

फिर यहां-वहां की बातें होती रहीं। और छः बजे वह लौट गए।

उस रात कंबलसिंह के विवश करने पर रीता ने एक रोटी बड़ी मुश्किल से खाई। और रात दो बजे तक सो न सकी।

अगले दिन उसने सुबह आठ बजे एडवोकेट मल्लिक को फोन पर कह दिया।

दिन बड़ी मुश्किल से बीता। शाम ठीक चार बजे वह अस्पताल पहुंच गए।

अजय ने कई चेकों पर हस्ताक्षर कर दिए। और चेकबुक लोटा दी।

"आज ऐक्स-रे हुआ?" रीता ने पूछा।

"हां।"

"क्या रिपोर्ट है?",

"डाक्टर ने बताई नहीं।"

इतने में चार-पांच डाक्टर राउंड पर आए। सबसे बड़े

फिजीशियन ने इंचार्ज को कुछ दवाइयां और बता दी। इंचार्ज ने नर्स को लिखवा दी।

"डाक्टर साहब छाती के ऐक्स-रे की क्या रिपोर्ट है?" रीता ने पूछ ही लिया।

"घबराने की बात नहीं। हम इलाज कर रहे हैं।" और डाक्टर दूसरे मरीज के पास चले गए।

साढ़े पांच बजे एडवोकेट मल्लिक मा गया। अजय मुस्करा दिया, "हैलो मल्लिक साहब।"

"आप कैसे हैं।"

"ठीक हूं। रीता।"

"जी"

"तुम और कंवलसिंह जाओ।"

रीता चौंक पड़ी। लेकिन चुपचाप चली गई।

"मल्लिक साहब, मैं वसीयत लिखवाना चाहता हूं।"

"ऐसी क्या जल्दी है?"

"जल्दी तो नहीं। लेकिन आप एक वकील हैं, और समझते हैं। खैर। मैंने छः नावलों के सर्वाधिकार बेचे हैं। शेष रायल्टी पर हैं। इनके नाम लिख लीजिए।"

मल्लिक ने कागज-पंसिल निकाल लिए।

अजय ने छः नावलों के नाम लिखवा दिए। "शेष नावलों के अधिकार, मकान और घर का सामान रीता के नाम कर दीजिए। मैंने ब्लैंक चेकों पर हस्ताक्षर कर दिए हैं। रीता रुपया निकलवा सकती है। इसमें से एक हजार रुपया कंवलसिंह को देना है। कल टाइप कराके ले आइएगा। लेकिन छः बजे आइएगा, जब रीता चली जाए।"

"वैसे तकलीफ क्या है?"

"मेरा जिगर खत्म हो गया है। पेट में फोड़ा है। और फफड़े लगभग खत्म हो गए हैं।"

"ओह।"

"आप उदास हो गए?" अजय ने मुस्करा कर कहा, "अपनी फीस रीता से ले लें।"

"फीस को भूल जाइए।"

"अच्छा। छः बज गए।"

"आप ठीक हो जाएंगे। मल्लिक ने खड़े होकर कहा

अजय मुस्करा दिया।

अगले दिन यही हुआ। "

रीता कल पूर्णिमासी है। मेरा एक काम करोगी?"

"क्या?"

"आधी बोतल व्हिस्की ले आना।"

"व्हिस्की? वह तो आपके लिए विष है।

"तुमने कई बार पूछा कि मेरा जन्मदिन कब है। मैंने बताया नहीं! कल मेरा जन्मदिन है।

"लेकिन डाक्टर नर्सें···।"

"इनकी तुम चिन्ता न करो। तुम स्टेनलैस स्टील का गिलास लेती आना।"

रीता की आंखों में आंसू आ गए

"कल घर पर मेरा जन्मदिन मनाना।"

रीता ने सिर हिला दिया।

फिर बातें होती रहीं। छः बजने में पांच मिनट थे, "अच्छा रीता अब तुम जाओ।"

"जी।"

"कंवलसिंह, इनका ध्यान रखना।"

"साहब। आप चिन्ता न करें।"

वह चले गए तो मल्लिक आ गया। उसने स्टैपपेपर बढ़ा दिया और पेन दिया।

"कहां हस्ताक्षर करना है?"

"यहां।"

अजय ने हस्ताक्षर कर दिए। "इसे अपने पास ही रखिएगा। गवाही डलवा लीजिएगा।"

"आप चिन्ता न करें।"

"अच्छा आप जाइए और आराम कीजिए।"

"आराम कहां, रात दस बजे तक काम करता हूं।"

"मैं जानता हूं।"

मल्लिक चला गया।

अगले दिन रीता व्हिस्की का हाफ और स्टील का गिलास ले आई। अजय ने व्हिस्की तकिये के नीचे छिपा दी।

फिर वह मुस्करा-मुस्कराकर बातें करता रहा।

डाक्टर राउंड पर आए। अजय उन्हें देखकर मुस्करा दिया और बोला, "हाउ आर यू सर?"

"तुम कैसे हो?"

"मैं ठीक हूं।"

डाक्टर चले गए।

नर्स इंजेक्शन लगा कर चली गई।

छः बजे रीता और कंवल सिंह भी चले गए।

हर रोगी को, जो मिलने आया था, वह चला गया। अब केवल रोगी थे।

खाना आया।

अजय ने आधी रोटी खाई।

समय बीतने लगा। नौ बज गए। एक रोगी दर्द से कराह रहा था। इसके अतिरिक्त खामोशी थी। नर्स ने रोशनी कम कर दी थी और अपनी सीट पर चली गई थी।

अजय ने हाफ निकाला और उसे चूमा। आधा गिलास व्हिस्की से भरा, पानी मिलाया और खाली कर दिया।

पन्द्रह मिनट में उसने हाफ खाली कर दिया। और छुपा कर बाथरूम में छोड़ आया।

ग्यारह बजे उसका माथा पसीने से तर हो गया। फिर दिल में दर्द उठा और वह दर्द बायें बाजू में चला गया। अजय नशे की हालत में उठा और दरवाजे में रुक कर उसने नर्स को पुकारा और आकर पलंग पर लेट गया।

नर्स आई तो उसने दर्द के बारे में बताया। वह फौरन मेडिकल अफसर को ले आई।

उसने जांच शुरू की।

"यह तुमने व्हिस्की पी है?"

अजय मुस्करा दिया।

"व्हिस्की तुम्हारे लिए जहर है। नर्स इसे इंजेक्शन दे दो।" कहकर डाक्टर खड़ा हो गया। और गुस्से में चला गया।

नर्स उसके पीछे-पीछे लपकी थी।

"सर।"

"हार्ट अटैक! दूसरा दो बजे के करीब होगा, और वह अन्तिम होगा।"

नर्स चुप हो गई। उसने जाकर अजय को टीका लगाया।

"मिस्टर अजय, यह आपने क्या कर डाला?"

"नर्स, आज मेरा जन्मदिन है। और यह मेरी अन्तिम रात है। मझे केवल इतना जीवन मिला था। दूसरा हमला कब होगा?"

"दो बजे के करीब।" नर्स की आंखें भीग गईं।

"और वह अन्तिम होगा।" अजय ने मुस्कराकर कहा

"अभी देश को आपकी आवश्यकता है।"

"लेकिन मुझे केवल इतना जीवन मिला था, प्रभु ने आठ वर्ष हुए कहा था।"

"कौन प्रभु?"

"छोड़ो। मेरा एक काम करोगी?"

"कहिए।"

"रीता को सुबह छः बजे फोन करना: रात के दो बजे वह सो रही होगी।"

नर्स ने कुछ न कहा और चली गई।

ठीक दो बजे दूसरा हमला हुआ।

नर्स स्वयं ही आ गई। मृत्यु उसके लिए नई बात न थी। लेकिन यह मौत निराली थी। वह डाक्टर को बुला लाई।

डाक्टर ने जांच की।

"इंजेक्शन दे दो। लेकिन कोई लाभ नहीं।" कहकर वह चला गया।

नर्स इंजेक्शन लाई। लेकिन अजय सदा के लिए सो चुका था। नर्स ने चादर उसके चेहरे पर डाल दी और जाकर कर्मचारी से कहा कि शव को शवघर में ले जाओ।

□□